AF220196

Zum Buch

Eingegraben in eine Felswand, hoch über dem Schiffenenstausee, in Räsch bei Düdingen, liegt die Magdalena-Einsiedelei und ihr zu Füßen der tote Weinhändler Patrick Baldewein. Das ist an sich tragisch, aber für die Polizei nichts Neues, hätte Bärbel den Mann nicht Stunden zuvor in seinem Kellergeschoss liegen sehen. Oder war er es doch nicht?

Als Valerie und Daniela nach einem Mordmotiv zu suchen beginnen, stolpern sie über unehrliche Geschäftspartner, gefeuerte Mitarbeiter und Ehegeheimnisse. Und dann beginnt plötzlich auch Donnie, sich verdächtig zu benehmen ...

Zum Autor

Jean-Pascal Ansermoz wurde als Schweizer im September des Jahres 1974 in Dakar (Senegal) geboren. Er ist einer, der mit Leichtigkeit über den Röschtigraben springt, schrieb er doch bis 2009 nur in französischer Sprache. Weltenbürger, Romand und Deutschschweizer in einem: ein Autor mit Hang zum Kriminellen, aber auch zu Poetischem, Literarischem, Alltäglichem und Besonderem.

Mehr Infos unter: **www.jeanpascalansermoz.ch**

Jean-Pascal Ansermoz

Wein, Schein
und Vergissmeinnicht

Ein BuchCafé Krimi

© 1.Auflage 2021 *Jean-Pascal Ansermoz*

ISBN: 978-3-7543-1829-4

Herstellung und Verlag: BoD – Books on Demand, Norderstedt

Lektorat: Michael Lohmann, Worttaten.de
Foto Autor: Christian Baeriswyl, cbfotografie.ch
Umschlag & Satz: AZ Productions, Fribourg (CH)
unter Verwendung von Motiven von Freepik.com
und Artwork von Helaine Chardon

Die Deutsche Nationalbibliothek verzeichnet diese Publikation
in der Deutschen Nationalbibliografie; detaillierte biblio-
grafische Daten sind im Internet über http://dnb.dnb.de
abrufbar.

KAPITEL 1

Die ältesten Spuren menschlichen Lebens in der Gemeinde Düdingen stammen aus der mittleren Steinzeit. Teile von Jagdwerkzeugen bezeugen das Leben, bevor sich um 5000 v. Chr. in diesem ländlichen Gebiet die ersten Bauern niederließen. Was genau gejagt wurde, weiß man nicht.

Allerdings kannten sie ja auch nicht meine Mutter.

Das Bild von der in Fell gekleideten Bärbel, die vor mit Speeren bewaffneten Steinzeitlern am Saane-Ufer entlang flüchtete, ließ mich innerlich grinsen. Meine Vision hielt der Realität jedoch nicht lange stand.

»... und dann sagte sie mir, ihr wäret händchenhaltend in den Sonnenuntergang davongeschlendert.« Sie sah mich verschmitzt an.

»Es hat geregnet.«

»Ach was, versuch nicht, mich abzulenken. Also?« Sie sah mich abwartend an. Ich seufzte.

Das ging nun schon Tage und Wochen so. Um genau zu sein, seit wir von Beats Beerdigung zurückgekommen waren. Ich war immer noch nicht bereit, diesen neuen, vielversprechenden kleinen Garten anderen zugänglich zu machen. Mein Gefühl war noch zu fragil, als dass ich die Erwartungen und Meinungen anderer verkraften könnte. Ich möchte den Zauber dieses Anfangs für mich haben. War das zu viel verlangt?

»Also was? Was willst du wissen?«

»Jetzt hab dich nicht so! Ich will doch nur alles über meinen zukünftigen Schwiegersohn wissen.«

»Schwiegersohn?« Ich schüttelte den Kopf. »Mutter, ich weiß nicht einmal, ob daraus etwas wird.«

»Aha.« Sie war sichtlich enttäuscht.

»Komm mir nicht mit dieser Nummer. Akzeptier doch einfach, dass ich das noch für mich behalten möchte. Nur noch ein ganz klein wenig.«

»Wie wenig?«

»So wenig wie nötig.«

Sie schnitt mir eine Grimasse. »Was werden denn die anderen denken, wenn ich nicht einmal über das Leben meiner eigenen Tochter Bescheid weiß.«

»Es geht also wieder einmal gar nicht um mich. Was dich interessiert, ist, wie andere dich sehen.«

»Ist denn daran etwas falsch?«

Ich verdrehte die Augen. »Mach dich nützlich, anstatt herumzusitzen. Ich habe noch eine Lieferung, die gemacht werden sollte.«

»Und wo ist der Prinz in seinem Gewand, wenn man ihn braucht?«

»Der reitet das weiße Pferd aus, weil die Prinzessin eine Buchhandlung führen muss.«

Bärbel seufzte und erhob sich schwerfällig von ihrem Hocker. »Gut. Was soll ich tun?«

Ich stellte eine Einkaufstüte Bücher auf den Tresen und suchte im Büchlein der Bestellungen nach dem Post-it mit der Lieferadresse.

Bärbel griff nach der Tasche. »Hoffe doch, die bezahlen dich anständig dafür.«

»Das tun sie, keine Angst.« Ich streckte ihr den gelben Zettel hin.

»Soll ich klingeln?«

»Dir wird schon etwas einfallen.«

Sie grinste wie ein frisch lackiertes Hutschpferd. »Mir fällt immer etwas ein.«

»Das ist ja das Verwunderliche.«

Die Türglocke unterbrach uns. Herr Biady stand etwas verlegen in der Tür.

»Störe ich?«, fragte er und blickte abwechselnd von mir zu Bärbel und zurück. »Sonst kann ich ...«

»Aber keineswegs«, beruhigte ich ihn. »Meine Mutter wollte eh gerade gehen.«

Bärbel warf mir einen Blick zu, der nur durch schmale Augenschlitze den Weg zu mir fand. »Wir sind noch nicht fertig.«

»Das habe ich befürchtet.«

Biady hielt ihr die Tür auf, während ich im Abholfach unter dem Tresen seine Bestellung hervorholte.

»Ist Herr O'Sullivan hier?«, fragte er. Er klang schüchtern.

Ich war drauf und dran ihm zu antworten, dass Herr O'Sullivan mein weißes Pferd ausritt, ließ es aber dann bleiben.

»Leider nicht. Darf ich ihm etwas ausrichten?«, fragte ich freundlich. Biady entspannte sich ein wenig. Noch einmal blickte er zur Eingangstür, die sich mittlerweile geschlossen hatte, dann zückte er seine Brieftasche.

»Nein, nein. Ich komme einfach wieder, wenn er da ist.«

»Darf ich die Bücher in eine Tüte packen?«, fragte ich.

»Das wäre hilfreich.«

KAPITEL 2

Bärbel Zumstein schnaufte wie eine Dampflokomotive, als sie auf dem Hügel ankam. Das
Haus war kein Haus. Es war eine Villa. Völlig
alleinstehend. Mal abgesehen von dem alten
Bauernhof nebenan. Wie konnte man nur so
abseits wohnen? Hier musste der Wind doch
ständig an den Fenstern rütteln. Bärbel drehte
sich zu den weiten Feldern um. Die Aussicht
war grandios, das musste sie schon zugeben.
Rechts fielen die Felder zum Moos des
Naturschutzgebietes ab. Am Horizont meinte sie
den Weiler Räsch zu erkennen. Ansonsten war
da einfach Weite. Sie atmete tief durch und
drehte sich wieder dem Anwesen zu. Die
Zuglinie musste ihren Schätzungen nach direkt
durch den Garten führen. Man konnte ja nicht
alles haben. Den Spruch musste sie sich merken.
Schadenfreude ist eben auch eine Freude.

Beeindruckend war das Anwesen trotzdem.

Eine breite Steinzufahrt führte zu einem weißen Doppelgaragentor. Das einstöckige Gebäude war symmetrisch gebaut. Links die Garage und rechts musste der Wohnbereich sein. Der mittlere Teil stand hervor, als müsste er den Rest beschützen. Als sie die Auffahrt hochging, bewunderte sie die große Fläche, die durch eine natürliche grüne Begrenzung den Landsitz umgab. Wer hier lebte, musste Geld haben. Sehr viel Geld.

Plötzlich hielt sie inne. Konnte sie sich denn überhaupt so präsentieren?

Bevor sie klingelte, stellte sie die Büchertüte auf den Boden. Aus ihrer Handtasche kramte sie den Taschenspiegel hervor. Hätte sie das gewusst, hätte sie sich anders gekleidet.

Ein Blick in den Spiegel genügte, um ihre Befürchtungen wahr werden zu lassen. Sie angelte sich ihren Lippenstift und zeichnete die Lippen nach. Beim Versuch, den Schminkstift einhändig wieder zu schließen, fiel er ihr aus der Hand und rollte zur Seite.

Na toll! Hoffentlich hatte sie niemand beobachtet. Hastig glitt ihr Blick über die Fenster. Bärbel beruhigte sich, als sie keine Bewegung ausmachen konnte.

Schnell kontrollierte sie ihre Haare.

Dann ließ sie den Spiegel wieder verschwinden. Wo war denn nun ihr Lippenstift? Ihre Augen suchten den Boden ab. Ein Schritt nach dem anderen entfernte sie sich so von der Haustür.

Dann sah sie ihn.

Beim Aufheben wurde ihr Blick von einem Fenster angezogen, durch das man in das Untergeschoss sehen konnte. Mitten in der Bewegung hielt sie inne.

Das durfte doch nicht wahr sein!

Bärbel lehnte sich nach vorn, um besser zu sehen. Da lag jemand auf dem Boden. Sie lehnte sich weiter vor. Blut. Da war Blut um den Körper herum. Bärbel sah sich hastig um, versuchte dann, noch ein wenig näher ans Fenster zu kommen. Dabei verlor sie das Gleichgewicht und purzelte ins Rosenbeet, das mit frischem Pferdedünger aufzuwarten wusste.

Sie schrie kurz auf, um sich dann erschrocken mit der Hand den Mund zuzuhalten. Ihr Herz raste. Als niemand erschien, rappelte sie sich umständlich hoch und verließ das Grundstück, als wäre der Teufel selbst hinter ihr her. Sie rannte ohne sich umzusehen und merkte erst als sie auf der kleinen Brücke, die über die Gleise führte, vor ein Auto lief, dass sie in der falschen

Richtung unterwegs war. Der Autofahrer brachte seinen Wagen mit quietschenden Reifen zum Stehen. Zwischen Bärbels Knien, die unter ihr nachgaben, und der Motorhaube blieb kaum Platz für eine Kofferbreite.

Sie stützte sich unbeholfen auf der Motorhaube ab, schnappte nach Luft.

»Alles in Ordnung?« Der Fahrer hatte den Kopf aus dem Fenster gestreckt. Auf seiner Stirn war eine Sorgenfalte erschienen. Er stellte den Motor ab und stieg aus.

»Was ist geschehen?«, fragte er, blieb aber auf Abstand.

»Zur Buchhandlung«, krächzte Bärbel.

»Was?« Er kam näher.

»Buchhandlung ...«, wiederholte Bärbel.

»Eine Buchhandlung?« Der Mann schien nicht zu begreifen.

»Fahren Sie mich zur ... zur ... Buchhandlung ... Hauptstraße ... schnell.«

Einen kurzen Augenblick sah er sie an, als hätte sie eine ansteckende Krankheit. Dann nickte er.

»Steigen Sie ein.«

Minuten später hielt er in der Hauptstraße. Bärbel murmelte einen Dank, zeigte dem hupenden Wagen hinter ihnen, ihren schönsten

Mittelfinger und stürzte Hals über Kopf in den Laden.

»Valerie ...«

»Was ist denn mit dir passiert?« Ich blickte von meinem Bildschirm hoch, auf dem ich Neuheiten bestellte. Bärbel sah verstört aus. Und was roch da so komisch?

»Du siehst aus, als ...«

»Er ist tot.«

»Wer ist tot?«

»Er!« Wild gestikulierend zeigte sie mit dem Finger nach draußen.

»Ich verstehe nicht.«

»Na der ... der ...«

»Jetzt beruhig dich einmal und setz dich.« Ich holte ihr ein Glas Wasser, das sie hinunterkippte.

»Was riecht denn da?«, fragte ich.

»Das sind die Rosen«, sagte sie und stellte das Glas auf den Tresen.

»Die Rosen?«

»Also eigentlich der Kuhmist dazwischen.«

»Aber ...«

»Er ist tot. Dein Kunde ist tot.«

»Was?«

»Ich habe ihn gesehen. Er lag im Untergeschoss seiner Villa. Und da war überall Blut.«

Plötzlich wurde mir mulmig ums Herz. »Hast du die Polizei gerufen?«

»Die was ...?« Sie sah mich an, als wäre ihr der Gedanke befremdlich.

»Na, die Polizei eben.«

»Genau ... die Polizei. Du musst die Polizei rufen.«

Ich sah sie einen kurzen Moment an, als wollte ich mich vergewissern, dass sie es ernst meinte. Aber so verstört hatte ich sie selten erlebt. Und so griff ich zum Telefon und wählte Danielas Nummer. In kurzen Worten erörterte ich, was ich verstanden hatte.

Sie versprach vorbeizukommen.

»Und nun nochmals von vorn. Was ist genau passiert?«

Ich legte das Telefon neben das Glas, während meine Mutter mir die Einzelheiten ihres Ausflugs zum Besten gab.

KAPITEL 3

Als sie damit fertig war, stand Daniela auch schon im Eingang. Sie war in Uniform. Ein Kollege saß im Streifenwagen vor der Tür.

»Wo ist denn der Tote?« Sie sah sich um.

»Der ist bei sich zu Hause.«

Daniela sah Bärbel verwirrt an. »Und wo ist das?«

»Ich ...« Meine Mutter schlotterte am ganzen Körper und ich machte mir Vorwürfe, sie überhaupt für den Lieferdienst eingespannt zu haben. In knappen Sätzen erörterte ich Daniela die Lage.

»Hast du die Adresse?«

Ich sah Bärbel an.

»In meiner Tasche«, sagte sie. Dann machte sie große Augen. »Meine Tasche!«

»Was ist mit ihr?«

»Ich habe sie dort liegen gelassen.«

»In den Rosen?«

»Im Kuhmist.«

»Mutter man verwendet Pferdemist für Rosen.«

»Ach, das riecht hier so.« Daniela konnte man eben nicht so schnell aus der Ruhe bringen.

Ich schnitt ihr eine Grimasse. »Manche Bücher muss man eben zuerst verdauen.«

Sie schmunzelte. Meine Mutter blickte zu Boden. »Ich komme mit dir. Dann zeig ich euch, wo.«

»Gut, gehen wir.«

Bärbel sah noch einmal zu mir herüber, bevor sie auf dem Rücksitz Platz nahm. Der Wagen setzte sich in Bewegung, nahm den Kreisel bei der Post und fuhr dann Richtung Kirche weiter.

Daniela stellte eine Frage nach der anderen, wollte jedes Detail wissen. In wenigen Minuten erreichten wir den Zelgmoosweg.

Danielas Kollege lenkte die Streife direkt in die Einfahrt. Das Namensschild verriet seinen Namen: Thalmann.

Einen Augenblick blieben sie im Wagen sitzen.

»Schaffst du das?«, fragte Daniela. Bärbel blickte zum Anwesen hinüber und schluckte leer. Sie hatte das Bild immer noch vor Augen. Dann nickte sie stumm.

Die Beamten stiegen aus.

»Hier war es.« Bärbel deutete auf das Rosenbeet, in dem immer noch ihre Tasche lag.

»Und das ist das Fenster?«, fragte Daniela. Bärbel nickte, wollte aber nicht näher gehen als nötig. Daniela ging in die Hocke, runzelte die Stirn, stand wieder auf und wechselte einen Blick mit Thalmann.

»Da ist niemand.«

Bärbel starrte sie mit offenem Mund an. »Da unten lag er.«

»Aber ich sehe niemanden.«

Entgeistert stapfte Bärbel zum Fenster. Im Untergeschoss brannte kein Licht. Aber auch so konnte sie erkennen, dass da kein Toter lag.

»Aber ... aber«, stotterte sie.

»Und du bist sicher, dass du ihn gesehen hast? Und das Blut?«

»Ich schwöre ... im Ernst!«

Daniela tauschte einen Blick mit ihrem Kollegen, während sich Bärbel ihrer Tasche aus den Rosen angelte.

»Gut. Dann wollen wir das mal klären.«

Thalmann klingelte. Zunächst geschah überhaupt nichts. Beim zweiten Mal hörte man schlürfende Schritte im Flur.

»Komm ja schon, komm ja schon.«

Die Tür öffnete sich auf zwei gehobene Augenbrauen. Die Frau war Mitte vierzig, trug einen eleganten Hosenanzug. Ihre braunen Haare waren hochgesteckt. Eine grob gearbeitete Goldkette gab ihrem Hals etwas von der Ästhetik zurück, die das fliehende Kinn zunichtemachte. Sie war barfuß und groß- gewachsen und der kleinen und rundlichen Bärbel von Anfang an unsympathisch.

»Ja bitte?« Sie musterte ihren Besuch ungeniert, verlor dabei jedoch keinen Blick an die Polizisten.

»Guten Tag. Wir entschuldigen uns für die Störung.«

»Das wollen wir doch hoffen.«

Daniela ging nicht darauf ein. »Aufgrund eines Hinweises wollten wir kurz nachsehen, ob bei Ihnen alles in Ordnung ist.«

»Welcher Hinweis denn?«

»Wir gehen jeder eingehenden Benach- richtigung routinemäßig nach.«

Bärbel wechselte das Standbein.

»Ich habe nichts zu beklagen«, sagte die Frau.

»Das ist jetzt vielleicht ein wenig ungewohnt, für Sie, Frau ...«

»Baldewein.«

»Wie der Weingrossist?«

»Das ist mein Mann.«

Daniela nickte. »Nun, Frau Baldewein, hätten Sie etwas dagegen, wenn wir uns kurz in ihrem Untergeschoss umsehen?«

»Können Sie mir sagen, was hier vorgeht?«

»Ich hab ihn gesehen«, platzte es aus Bärbel heraus.

»Wen haben Sie gesehen?«

»Den Mann. Im Untergeschoss.«

»Wer sind Sie eigentlich?«

»Ich bin Barbara Zumstein, und ich wollte Bücher liefern, die Ihr Mann in der Buchhandlung bestellt hat, und dann habe ich meinen Lippenstift verloren und als ich ihn aufheben wollte, da habe ich ihn durchs Fenster gesehen, so wie ich Sie gerade sehe.«

Einen kurzen Augenblick sah Baldewein Bärbel regungslos an.

Dann stand sie zur Seite. »So wie ich nichts zu beklagen habe, so habe ich auch nichts zu verbergen. Tun Sie, was Sie in der aktuellen Situation für richtig halten.«

Daniela bedankte sich und trat ein.

»Erste Tür rechts«, gab Baldewein ihr die Anweisung.

Zu viert gingen sie die Treppe hinunter.

Die Polizisten sahen sich um. Alles war aufgeräumt und sauber. Keine Spur eines Toten.

»Wo ist Ihr Ehemann jetzt?«, fragte Thalmann Baldewein.

»Auf der Arbeit, wie jeden Tag.«

»Natürlich.«

»Dann haben Sie ihn heute Morgen zum letzten Mal gesehen?«

Sie nickte und musterte Bärbel interessiert. Die war kurz davor durchzudrehen. Ihr Blick hastete durch den Raum auf der Suche nach irgendetwas, an das sie sich klammern konnte.

»Vielen Dank für Ihre Hilfsbereitschaft.« Daniela blickte sich noch einmal um.

»Aber gern. Sie machen ja nur Ihren Job.«

Thalmann stieg bereits die Treppe hoch. Bärbel wollte es nicht glauben. Sie war verwirrt. Als Daniela sie leicht am Arm berührte, zuckte sie zusammen und verließ nur widerwillig das Untergeschoss. In peinlichem Schweigen begleiteten die Polizisten sie zum Streifenwagen. Während sie auf dem Rücksitz ihren Sicherheitsgurt festmachte, gab sie dann den ersten Kommentar von sich.

»Ich weiß, was ich gesehen habe.« Das klang sehr trotzig.

KAPITEL 4

»Ich weiß, was ich gesehen habe!«

»Ja, Mutter.«

Bärbel sah mich an. Und in ihrem Blick sah ich etwas, das zwischen Oktoberrevolution und Independence Day lag.

Eine gefährliche Mischung.

»Ich bin doch nicht ...« Sie beendete den Satz nicht, sah nach draußen. »Ich meine, da war dieser Mann am Boden. Ich halluziniere doch nicht. Und getrunken habe ich auch noch nichts. Die Situation hätte mich sowieso ernüchtert. Die Frau lügt. Sie hat ihren Mann umgebracht und die Spuren verschwinden lassen.«

Ich seufzte und stellte eine Tasse Kaffee vor sie hin. »Nun mal langsam, ja? Du sagst, es wäre ein Herr gewesen. Aber wie kannst du dir so sicher sein, dass es sich dabei um ihren Mann handelt?«

Die Bemerkung holte meine Mutter aus ihrer Gedankenwelt zurück.

»Ich meine, du warst relativ weit entfernt, da war das Blut, der Schock.«

»Ich weiß, was ich gesehen habe.«

Ich seufzte. »Gut. Als Erstes möchte ich wissen, wen du gesehen hast. Lass uns mal eine kurze Recherche machen, ja?«

Sie sah mich an, als wollte ich sie über den Tisch ziehen.

»Wir müssen doch wissen, mit wem wir es zu tun haben, oder nicht?«

Ich stellte mich hinter den Computer und googelte den Weingrossisten Patrick Baldewein. Als ich ein Bild akzeptabler Größe gefunden hatte, drehte ich den Bildschirm in Richtung Bärbel. Sie sah eine ganze Weile hin.

»Ich weiß, was ich gesehen habe!«

»Ist das der Mann, den du gesehen hast?«

»Ich bin mir nicht sicher.«

Ich suchte ein weiteres Bild von ihm, drehte abermals den Bildschirm.

Bärbel schien verloren. »Ist das derselbe Mann?«

»Ja, allerdings unrasiert.«

»Wenn wir nachweisen könnten, dass da Blut war ...«

»Mutter, was redest du denn da? Nichts werden wir.«

»Ich hab das in einer Fernsehsendung gesehen, weißt du. Da haben sie so eine Lampe, die auch in gereinigten Orten Flecken sichtbar machen kann. IV-Licht hieß das ...«

»UV-Licht?«, schlug ich vor.

»Genau. Wie das, welches Christine im Nagelstudio benutzt, um meine Nägel zu trocknen.«

»Und was machen wir dann?«

»Dann kaufe ich ein Fernglas.«

»Ein Fernglas? Was willst du denn mit einem Fernglas?«

»Dann sehe ich weiter.«

»Du willst also erneut bei Baldeweins eindringen, um nach Blutflecken zu suchen? Ist das dein Plan?«

»Siehst du eine andere Möglichkeit?«

»Wäre es nicht einfacher, einen direkten Kontakt zu wagen? Ihn einfach mal anzurufen?«

»Ich weiß, was ich gesehen habe!«

Die Geschichte wurde mir langsam zu bunt. Ich suchte die Nummer von Baldeweins Firma auf dem Internet und griff nach dem Telefon.

Eine weibliche Stimme meldete sich.

»Ja, hallo. Ich bin Valerie Birnbaum von der Buchhandlung ›Die gute Seite‹ in Düdingen. Könnte ich mit Patrick Baldewein sprechen?«

»Einen Augenblick. Ich werde sehen, ob er im Hause ist.«

»Vielen Dank.«

Und schon hatte ich Wartemusik in den Ohren. Bärbel sah mich ungeduldig an. Ich bewegte meinen Kopf im Rhythmus, den sie nicht hören konnte. Dann war ein kurzes Knacken in der Leitung.

»Vielen Dank fürs Warten. Leider ist Herr Baldewein immer noch außer Haus. Kann ich etwas ausrichten?«

»Nein, nein«, antwortete ich wahrheitsgetreu. »Ich rufe morgen wieder an.«

»Wie Sie wünschen.«

Ich legte das Telefon wieder auf den Tresen.

»Also?«

»Er ist nicht da.«

Bärbel schlug mit der flachen Hand auf den Tresen. »Siehst du! Weil er tot ist. Hab ich's doch gesagt.«

»Nur weil er nicht im Büro ist, heißt das noch lang nicht ...« Ein Gedanke huschte durch meinen Kopf. »Wo sind eigentlich die Bücher?«

»Welche Bücher?«

»Diejenigen, die du liefern solltest.«

»Ach, diese Bücher ... ich weiß nicht.«

»Du weißt es nicht?«

»Ich habe sie dort stehen lassen, als ich weglief.«

»Und?«

»Und beim zweiten Mal waren sie nicht mehr dort.«

»Bist du sicher?«

»Glaube ich jedenfalls.«

»Und du willst wirklich nochmal dort vorbeigehen?«

»Unbedingt!«

Ich wusste, dass ich ihr das nicht mehr ausreden konnte. Also lieber helfen und versuchen, größere Katastrophen zu verhindern.

»Dann habe ich vielleicht einen Plan. Kannst du eine UV-Lampe organisieren?«

KAPITEL 5

Es war Abend geworden, als ich mit Bärbel im Schlepptau an Baldeweins Tür klingelte.

Dieselbe Frau öffnete. »Sie schon wieder?«, fragte sie mit schnippischer Stimme.

Ich überging die Bemerkung. »Guten Abend. Ich bin Valerie Birnbaum von der Buchhandlung in Düdingen. Das ist Barbara Zumstein. Sie kam heute Nachmittag, um Bücher für Ihren Mann vorbeibringen.«

»Von der Buchhandlung? Warum sagen Sie das nicht gleich? Kommen Sie doch rein.«

»Ich hab das schon heute Nachmittag gesagt«, raunte mir Bärbel über die Schulter zu.

»Es ist so. Da ist uns ein kleines Missgeschick passiert«, fuhr ich fort, während ich Frau Baldewein in den Flur folgte. »Irrtümlicherweise enthält die gelieferte Tüte ein falsches Buch.«

Ich hielt einen historischen Roman in die Höhe. »Das wäre das Richtige. Darf ich schnell den Tausch vornehmen?«

Sie sah mich kurz an, ging dann ohne ein weiteres Wort vor. Hinter meinem Rücken winkte ich Bärbel zu.

»Ich warte dann draußen«, rief uns meine Mutter zu.

Ich hörte, wie die Eingangstür ins Schloss fiel.

Die Tüte stand bei einem kleinen Sekretär im Flur. Unter den wachsamen Augen von Hannelore Baldewein kniete ich mich nieder, holte die ersten drei Bücher heraus, legte den mitgebrachten Titel hinein und behielt eines der anderen Bücher in der Hand. Insgeheim betete ich darum, dass sie nichts bemerkte. Ich hatte nämlich zwei identische Titel ausgetauscht. Aber sie zeigte weder Anzeichen von Misstrauen noch Interesse.

»Tut mir leid für heute Nachmittag. Bärbel ist manchmal etwas voreilig. Aber sie meint es gut.«

»Keine Ursache.«

»Und einen lieben Gruß an Herrn Baldewein.«

Ich blickte sie direkt an. Doch die Frau reagierte nicht.

»Ich werde es ihm ausrichten.«

»Na dann. Einen schönen Abend.«

Ich blickte mich kurz um, erhaschte einen Blick auf eine große Sofalandschaft, auf langgezogene Töpfe, aus denen tropische Pflanzen ragten, auf ein Bild moderner Kunst, das von der Größe her nicht in mein Badezimmer gepasst hätte.

»Ihnen auch.« Sie begleitete mich bis zur Haustür, die sie hinter mir abschloss. Und zum ersten Mal fragte ich mich, ob das so eine gute Idee gewesen war, Bärbel im Haus zurückzulassen.

Ohne mich umzudrehen, ging ich die Zufahrt hinab, klammerte mich an das Buch in meiner Hand und an meine Gedanken, die mir vorauseilten. Ich war noch nicht auf der Straße, als mein Handy vibrierte.

Die Nachricht stammte von meiner Mutter: *Bin auf Position*

Ich atmete tief durch und betete dafür, dass alles gut ging. Die Idee, sich in ein fremdes Haus zu schleichen, um Blutspuren zu finden, war nicht die beste. Wenn ich es mir genau überlegte, war es sogar extrem leichtsinnig und schlecht nachvollziehbar. Denn wenn Bärbel wirklich einen Toten gesehen hatte …

Ich schob den Gedanken beiseite.

Um mich zu beruhigen, lenkte ich meine Schritte in Richtung der kleinen Brücke über den Gleisen, wo ich kurz stehen blieb. Es war ein langer Tag gewesen und Donnie fehlte mir. Ich blickte auf mein Handy. In zehn Minuten würde sein Zug am Bahnhof ankommen. Vor meinem inneren Auge sah ich bereits sein Lachen beim Aussteigen. Ich konnte seine Umarmung förmlich schon spüren. Bei ihm fühlte sich alles einfach und leicht an. Unkompliziert. War das ein Zeichen für Liebe?

Ich hatte über all die Jahre vergessen, wie sich das anfühlen kann, und nun Mühe, meinen Empfindungen zu trauen. Das Empfundene besaß einen volatilen Anteil, als müsste ich jedes Mal den Atem anhalten, dass es sich nicht verflüchtigte.

Langsam machte ich mich auf den Rückweg, bog in die Zellstraße ab, die mich an der Kirche vorbei ins Zentrum brachte. Ein reger Verkehr begegnete mir erst auf der Hauptstraße. Sie war die einzige Möglichkeit, um nach Tafers und in die umliegenden Dörfer Richtung Schwarzsee zu gelangen. Zu Stoßzeiten standen die Autos Stoßstange an Stoßstange. Es fühlte sich eigenwillig an, von so vielen gesehen zu werden. Ich spürte die Blicke aus den Autos.

Zum Glück war es bis zum Bahnhof nicht weit.

KAPITEL 6

Barbara Zumstein hatte, wie sie fand, im Untergeschoss der Villa ein ideales Versteck gefunden. Sie konnte die Treppe im Auge behalten und war weit genug von den Fenstern entfernt, um nicht gesehen zu werden. Jetzt galt es, Geduld zu haben. Und das war definitiv keine ihrer Stärken. Sie presste den Sack mit der ausgeliehenen UV-Lampe an sich und versuchte krampfhaft, Herrin ihrer Gedanken zu werden.

Ihr Blick fiel auf den Ort, an dem sie den Mann hatte liegen sehen. Das dürftige Licht vom Fenster ließ den Boden gespenstisch leuchten.

Wie hatte jemand nur so schnell den Ort säubern können? Und dann fiel es ihr wie Schuppen von den Augen. Da musste ein Teppich gewesen sein, denn an die Bodenplatten konnte sie sich nicht erinnern.

Nur an das Blut.

Plötzlich wurde ihr bewusst, dass sie sich im Haus einer Mörderin befinden könnte. Sie atmete mehrmals tief durch und schob die Angst an den äußersten Rand ihres Bewusstseins. Sie war gut im Verdrängen von unangenehmen Gefühlen. Und sie sollte nicht so viel glauben, was sie dachte.

Einfach an den Plan halten, ermahnte sie sich. Warten, bis es Nacht war, dann mit der Lampe nach Spuren suchen. Fotos machen. Und sich dann aus dem Haus schleichen.

Oben tat sich was. Ein Auto fuhr in die Auffahrt. Die Eingangstür ging auf. Sie hörte eine männliche Stimme. Die Frau gab Antwort. Bärbel war nicht nahe genug, um etwas verstehen zu können. Eine Tür wurde zugemacht. Dann war Ruhe. Bärbel sah auf die Uhr. Halb acht. Normalerweise lag sie um diese Zeit mit Ernst auf dem Sofa und sah ihr tägliches People-Magazin zu einem Glas Rotwein.

Frau musste eben Opfer bringen.

Eine halbe Stunde später wagte sie sich vor, suchte eine geeignete Steckdose und begann auf den Knien den Boden abzusuchen. Lange musste sie sich nicht damit beschäftigen. Im Licht der Lampe konnte sie schon bald dunklere

Flecken ausmachen. Mit dem Handy machte sie Fotos, die sie direkt an Valerie sandte. Bärbel konnte es sich nicht nehmen den Kommentar *Ich habe es gewusst!* hinzuzufügen. Sie war noch dabei, die SMS zu senden, als sie oben wieder Schritte hörte. Hastig schaltete sie die Lampe aus.

Draußen ging die Außenbeleuchtung an. Sie achtete darauf, im Dunkeln zu bleiben, und wagte sie sich ans Fenster. Was sich draußen abspielte, konnte sie nur als Schattenspiel sehen, aber das war mehr als genug.

Ein Mann rauchte neben einem großen Auto. Er stand außerhalb des Lichtscheins des Eingangs. Bärbel sah das rote Glühen der Zigarette im Dunkeln. Wenn er zog, erhellte sich sein Gesicht für kurze Zeit. Und doch war sie zu weit weg, um ihn erkennen zu können. Frau Baldewein schloss die Eingangstür ab und ließ den Schlüssel wieder in ihrer Handtasche verschwinden.

»Musst du jetzt rauchen?«, fuhr sie ihn an.

Der Mann zog noch zweimal an seiner Zigarette und ließ sie dann zu Boden fallen. Mit dem Fuß trat er sie aus, hob den Stummel dann auf. Als er sich bückte, duckte sich Bärbel instinktiv.

Hatte er sie gesehen?

Ihr Herz pochte in ihrer Brust. Aber oben regte sich nichts mehr. Sie wagte es nicht, wieder nach draußen zu sehen. Zwei Türen, die zuschlugen. Vorsichtig linste sie über den Fensterrand. Das Auto stand immer noch da. Der Mann am Steuer hatte den Motor gestartet. Die Bremslichter leuchteten auf.

Aber nichts geschah. Was machten die bloß?

Plötzlich ging die Beifahrertür auf und die sichtlich aufgebrachte Frau Baldewein stürmte zur Tür zurück.

Bärbel bekam es nun definitiv mit der Angst zu tun. Sie rappelte sich auf, nahm im Vorbeigehen die UV-Lampe an sich und verkroch sich in der hintersten Ecke des Untergeschosses, die sie finden konnte.

Oben hörte sie eilige Schritte.

Es waren nicht die Schrittgeräusche, die sie beunruhigten, aber die Stille die ihnen folgte. Nach einer gefühlten Ewigkeit bewegte die Frau sich oben weiter. Die Haustür fiel wieder ins Schloss und kurz darauf fuhr der Wagen vom Grundstück.

Bärbel wartete noch einige Minuten, bis sie sich bewegte. Man konnte ja nie wissen.

Dann erklomm sie so leise wie möglich die Treppe.

KAPITEL 7

Daniela Burri wartete geduldig, bis ich den Kunden bedient hatte. Sie war heute in Zivil. Ich blickte auf die Uhr an der Wand. Halb elf.

»Zeit für einen Kaffee. Möchtest du auch einen?«

»Warum nicht.«

Sie setzte sich auf einen der Barhocker vor dem Tresen, während ich an der großen Kaffeemaschine zu hantieren begann. Der Morgen war gut gelaufen und ich freute mich nun über eine kurze Pause.

»Ich muss dir noch etwas beichten, wegen gestern ...«, begann ich.

»Haben wir denn ein Problem?« Ich hielt mitten in der Bewegung inne, konnte aber ihren Blick nicht deuten. War das sarkastisch gemeint?

»Meine Mutter hat mir gestern Abend noch Fotos zugeschickt, auf denen unter UV-Licht dunkle Flecken zu sehen sind. Sie geht davon aus, dass es sich um Blut handeln könnte.«

»Sie war noch einmal im Haus der Baldeweins?«

»Ja. Schau, ich weiß, dass das nicht ...«

»Baldewein ist tot, Valerie.«

Ich stellte die Tasse vor sie hin. »Was?«

»Valerie, wo ist deine Mutter jetzt?«

»Ich habe keine Ahnung. Seit gestern Abend habe ich nichts mehr von ihr gehört. Warum machst du dir denn solche Sorgen? Du kennst sie doch ...«

»Wir haben Patrick Baldeweins Leiche in der Nähe der Einsiedelei gefunden. Sein Wagen stand nicht weit weg.«

»Bei der Einsiedelei? Ist die nicht während der Nacht geschlossen?«

Daniela hob die Schultern. »Das scheint seinen Mörder nicht wirklich beeindruckt zu haben.«

»Und warum fragst du nach Mutter?«

»Könntest du mir mal erklären, was ihr mit eurem Ausflug bewerkstelligen wolltet?«

Ich hatte plötzlich ein schlechtes Gewissen und erzählte deshalb etwas ausführlicher, was geschehen war.

»Und wo warst du, während Bärbel Sherlock Holmes spielte?«, fragte Daniela.

»Sie war bei mir.«

Nicht jeder Retter in der Not braucht ein Cape und einen Ganzkörperanzug. Bei manchen reicht ein offenes und vertrauenswürdiges Lächeln. »Da komme ich ja gerade rechtzeitig«, fügte Donnie mit einem Blick auf unsere Kaffeetassen hinzu.

»Den ganzen Abend?«

Er sah Daniela stirnrunzelnd an. »Den ganzen Abend und die ganze Nacht.«

Ich spürte, wie ich errötete, blickte in meine Kaffeetasse. Daniela ging nicht drauf ein.

»Wieso die Fragen?«

»Wir haben einen Toten bei der Einsiedelei und sprachen eben über die Heldentaten meiner Mutter in dessen Untergeschoss«, klärte ich ihn auf.

Das stoppte selbst Donnie. Er wollte etwas sagen, setzte dann noch einmal an. »Ist die Einsiedelei nicht während der Nacht geschlossen?«

Er machte sich an der Espressomaschine zu schaffen.

»Ja, das ist sie. Dieser Umstand hielt augenscheinlich den Mörder nicht davon ab, Baldewein dort hinzubringen.«

»Aber wieso?« Donnie stellte eine Tasse unter die Düsen und wartete.

»Ja, wieso?«, fragte ich Daniela. Sie sah mich mit gehobenen Augenbrauen an.

»Wechsle nicht das Thema, Valerie. Wenn das mit deiner Mutter herauskommt, steckt ihr in Schwierigkeiten. Die Fotos kann ich nicht als Beweis gelten lassen. Um Baldeweins Haus durchsuchen zu können, brauche ich etwas Handfestes.«

»Er wurde doch ermordet. Ist das nicht genug?«

»Leider nicht.«

»Wie kam er denn ums Leben?«, fragte Donnie und nahm einen Schluck Kaffee.

»Stumpfe Gewalteinwirkung auf den Hinterkopf.«

»Dann hat meine Mutter ihn vielleicht doch gesehen, als sie die Bücher vorbeibrachte.«

»Zwischen dem Moment, wo sie ihn gesehen hatte und unserem Kontrollgang verging keine Stunde, Valerie. Und da war keine Spur von Blut zu sehen. Bei einer solchen Kopfverletzung verliert man viel Blut.«

»Ich möchte nicht unhöflich erscheinen, aber wieso bringt man einen Toten zur Einsiedelei?« Donnie stand nun Daniela gegenüber.

»Das ist nur eine der Fragen, die ich mir stelle.«

»Und Baldeweins Frau?«

»Sie sagte heute Morgen aus, sie hätte keinen Kontakt mehr mit ihrem Mann gehabt und ihn gestern zum letzten Mal gesehen, als er ins Büro ging.«

»Sie war doch da, als du mit Bärbel kontrollieren gingst.«

»Ja, ihrer Aussage zufolge war sie erst wenige Minuten vor Ort, als wir auftauchten, hat aber dafür keine Zeugen.«

»Sie kann ihn doch trotzdem umgebracht haben.«

»Da hast du allerdings recht. Gemäß ersten Schätzungen starb Patrick Baldewein gestern zwischen halb vier und halb fünf nachmittags. Am Fundort konnten keine Spuren eines Kampfes ausgemacht werden.«

»Bis auf die Kopfwunde«, ergänzte ich.

»Er wurde von hinten niedergeschlagen?«, fragte Donnie.

»Davon dürfen wir ausgehen. Ich möchte aber als Erstes mit Bärbel reden.«

»Na, dann rufen wir sie doch an«, schlug ich vor und griff nach dem Telefon.

KAPITEL 8

Meine Mutter wollte aus am Telefon nicht erläuterbaren Gründen nicht in die Buchhandlung kommen und verabredete sich mit uns an einem, wie sie sagte, neutralen Ort. Und so überließ ich Donnie ›Die gute Seite‹ und machte mich mit Daniela auf, um meine Mutter im ›Hotel des Alpes‹ zu treffen.

Das grau-rosa Steingebäude an der Hauptstraße mit der eigentümlichen Turmspitze war in der Region gut bekannt. Das Hotel führt ein Restaurant und eine Gaststube, die mit guter Hausmannskost aufzutrumpfen vermochte. In den Sommermonaten kann man im Garten unter alten Linden essen.

Bärbel saß in der gemütlichen Gaststube. Sie trug zu ihrem braunen Mantel einen weißen Hut, eine blaue Sonnenbrille und einen roten Schal. Vor ihr stand eine leere Tasse Kaffee. Ich hätte sie beinahe nicht erkannt. Was sie verriet, war der Umstand, dass sie der einzige Gast war.

Während ich mich neben sie setzte, warf ich Daniela gegenüber einen kurzen Blick zu. Sie nahm das eher gelassen hin.

»Also, Mutter, was ...«

»Schschschschscht!«, unterbrach sie mich. »Nicht so laut. Die sollen nicht wissen, dass ich hier bin.«

»Das kann man unschwer übersehen, Mutter.«

»Sie hören zu. Sie werden mich erkennen.«

»Nun aber mal langsam.«

Ich wurde durch die Bedienung unterbrochen. Wir bestellten Kaffee.

»Wer ist ›sie‹?«, fragte Daniela.

»Na, die eben. Ich hab sie gesehen.«

»Wer denn?«

»Ein Mann und die Baldewein.«

»Gestern Abend?«

Bärbel nickte eifrig, nahm dann ihre Sonnenbrille ab. Während sie die auf den Tisch legte, ließ sie die Serviertochter nicht aus den Augen.

»Von welchem Mann sprichst du?«

Bärbel begann, ausführlich von ihrem nächtlichen Abenteuer zu erzählen und ließ auch ihre persönlichen Theorien dabei nicht außen vor. Einzig die Kellnerin vermochte sie einen kurzen Augenblick zu unterbrechen.

»Um welche Zeit verließen die beiden die Villa?«

Bärbel überlegte kurz. »Das muss so gegen Viertel nach acht gewesen sein.«

»Hast du ihn erkannt?«

»Es war zu dunkel und ich war zu weit weg. Baldewein selber kann es nicht gewesen sein.«

»Da hast du leider recht.« Ich erzählte ihr vom Auffinden des Weingrossisten und der Einsiedelei.

»Ich habe es gewusst!«, sagte sie etwas zu schnell. »Sie hat ihn umgebracht.«

»Genau. Und dann hat sie ihn in seinem Auto zur Einsiedelei gefahren.« Sie hörte den sarkastischen Unterton in meiner Stimme nicht.

»Genau. In einem Teppich eingerollt.«

»Und wo ist der Teppich jetzt?«, fragte ich angriffslustig. Daniela unterbrach das kleine Spiel. »Gut. Wir müssen wissen, was Frau Baldewein gestern Nachmittag getan hat. Sie gehört zu den ersten möglichen Verdächtigen. Aber wir müssen auch wissen, wer der Mann an ihrer Seite war. Denn ganz allein wäre es für sie schwierig gewesen, ihren toten Ehemann in einen Teppich gerollt ins Auto zu verfrachten.

Ganz zu schweigen von der Tatsache, dass sie sicherlich nicht zu Fuß von der Einsiedelei heimging.«

»Sie hatte einen Komplizen!« Bärbels Augen leuchteten.

»Wieso habe ich das Gefühl, dass du uns nicht alles gesagt hast?«, fragte ich meine Mutter.

Bärbel holte ihr Handy hervor. Nach einigem Suchen hielt sie uns ein Bild unter die Nase. Es zeigte ein großes Bett, dessen Decken und Kissen in völliger Unordnung lagen. Das Detail, das mir die Haare im Nacken aufstellte, waren die Handschellen, die an einem der Bettpfosten angebracht waren. Ich nahm das Handy an mich und vergrößerte das Bild. Auf dem Boden lagen weibliche Unterwäsche und ein Bademantel. Auf einem Stuhl hingeworfene Handtücher. Ich gab das Telefon Daniela weiter.

»Du bist also noch durch Haus?«

Bärbel nickte eifrig. »Die hatten ihren Spaß, während ich unten auf allen vieren nach Blutspuren suchte.«

»Frau Baldewein hat also einen Liebhaber?« Ich sah Daniela an.

»Die beiden sind also weg und haben das Schlafzimmer so gelassen?«

Sie blickte mich eingehend an. »Musste sie nicht Angst haben, dass ihr Mann zwischenzeitlich heimkam?«

»Es sei denn, sie hat ihn nicht erwartet.«

»Weil sie ihn nämlich getötet hat.« Bärbel triumphierte. »Ich denke, ihr solltet mal mit Frau Baldewein reden. Die war in meinen Augen von Anfang an nicht ganz sauber.«

KAPITEL 9

Sie war nicht zu Hause, als wir ankamen. Eine Frau öffnete uns die Tür und stellte sich als Yvette Zehntner vor, die Haushälterin.

Sie musste zwischen fünfzig und sechzig Jahren alt sein und hatte ihre braunen Haare geraume Zeit nicht mehr nachgefärbt. Sie trug Jeans, eine Bluse und eine Schürze darüber. Schweiß perlte auf ihrer Stirn, den sie nun mit dem Handrücken abwischte.

Daniela wies sich aus.

»Sie ist nicht da. Kann ich sonst etwas für Sie tun?«

»Wie gut kannten Sie Patrick Baldewein?«

»Patrick? Nun, so gut, wie man jemanden eben kennt, für den man alles sauber macht.«

»Also gut?«

Sie antwortete nicht.

»Wann haben Sie ihn zum letzten Mal gesehen?«

»Vielleicht Freitag. Ich erinnere mich nicht genau. Ich komme normalerweise dreimal die Woche. Immer am Montag, Mittwoch und Freitag bin ich hier anzutreffen. Aber wenn alle schon weg sind.«

»Herr Baldewein wurde heute Morgen tot aufgefunden.«

Sie sah Daniela an, als wollte sie ›Ja, und?‹ fragen. Erst dann trübte sich ihr Gesicht. Ihr Blick verlor sich kurz auf dem Boden.

»Er ist tot?«

Daniela nickte. Aber Zehntner sagte nichts mehr.

»Ist Ihnen heute Morgen etwas Unge-wöhnliches aufgefallen, als Sie zur Arbeit kamen?«

Sie überlegte kurz, schüttelte dann den Kopf. »Alles war wie immer.«

»Wissen Sie, wo wir Frau Baldewein finden könnten?«

»Ich mische mich da nicht ein. Ich kann Ihnen aber die Telefonnummer für Notfälle geben, die sie mir gelassen hat.«

»Sehr gern.«

Sie sah Daniela kurz an und verschwand im Haus.

»Frag nach dem Geliebten«, flüsterte ich Daniela zu. Sie hob die Hand. Nur langsam.

Zehntner war zurück und gab Daniela ein Post-it. »Ich werde ihr sagen, dass ich Ihnen die Nummer gegeben habe.«

»Natürlich. Sagen Sie, Frau Zehntner, die Frage muss Ihnen sehr wahrscheinlich etwas eigenartig vorkommen, aber wissen Sie, ob Frau Baldewein eine Affäre hat?«

Sie reagierte überrascht. »Frau Baldewein?«

Daniela nickte.

»Ich würde mir nicht anmaßen ... und überhaupt ... ich verbringe zu wenig Zeit hier, um so was sagen zu können.«

»Keine Indizien oder Spuren, die darauf hindeuten könnten?«

»An welche Spuren dachten Sie denn?«

Sie lächelte. Ihre Augen blitzten auf.

»Sie wissen, was ich meine.«

»Nichts Unübliches.«

Es war klar, dass Zehntner hinter ihrer Arbeitgeberin stand. Mehr würde sie nicht preisgeben. Daniela bedankte sich.

»Falls Ihnen noch etwas einfallen sollte ...« Sie reichte Zehntner eine Visitenkarte, bevor die Haushälterin die Tür schloss.

»Das war's dann wohl fürs Erste«, sagte Daniela.

»Da ist mit Sicherheit etwas faul. Sie kann doch nicht hier sauber machen und nichts mitbekommen haben.« Ich war frustriert.

Daniela antwortete nicht auf meine indirekte Frage.

»Und jetzt?«

»Jetzt schauen wir mal, was Frau Baldewein zu den Affärengerüchten zu sagen hat.«

Erstaunlicherweise war es recht einfach, sich mit ihr zu verabreden. Sie saß bereits auf der Terrasse des ›Hotel Murtenhof‹ im gleichnamigen Städtchen am See. Sie trug einen eleganten Sonnenhut und Sonnenbrille. Ich konnte es ihr nicht verübeln. Es war ein schöner Tag und angenehm warm. Ideal, um auf einer Terrasse mit einem Glas Weißwein auf den kommenden Sommer anzustoßen.

Sie trank Champagner.

Frau Baldewein schien nicht überrascht, uns zu sehen, wohl aber die Bedienung. Er musterte uns, als hätte er uns Frauen auf der Männertoilette erwischt, nahm aber kopfnickend unsere Bestellungen entgegen und verzog sich in Richtung Küche.

»Frau Baldewein, ich weiß nicht, ob das hier der richtige Ort ist, um darüber ...«

»Schießen Sie los. Was hat er angestellt?«

»Er wurde heute Morgen tot aufgefunden. Mein Beileid.«

Erst einmal geschah gar nichts. Dann zog sie hörbar die Luft ein und das so lange, dass ich Angst hatte, sie könnte platzen. Ihre Gesichtsmuskulatur verspannte sich, die Lippen nur noch ein feiner Strich. Sie verlor jegliche Farbe, nicht aber ihre Fassung.

Der Mann brachte uns die Kaffees mit einem Giotto. Sie bestellte einen Whisky.

»Sie verstehen, dass wir Ihnen einige Fragen stellen müssen?«

Baldewein nickte.

»Haben Sie Ihren Mann seit unserer letzten Begegnung gesehen oder mit ihm gesprochen?«

Sie lehnte sich zurück. Ihre Haltung fiel wie ein Kartenhaus in sich zusammen. Die Stuhllehne verhinderte das Schlimmste.

»Nein«, flüsterte sie.

»Dann haben Sie ihn am Dienstagmorgen zum letzten Mal gesehen? Als er zur Arbeit fuhr?«

Sie nickte abwesend.

»Frau Baldewein, Ihr Mann ist keines natürlichen Todes gestorben. Haben Sie eine Ahnung, wer ihn hätte töten wollen?«

Zum ersten Mal sah sie Daniela durch ihre Sonnenbrille an. »Da könnte ich Ihnen gleich ein Dutzend Namen geben.«

»War Ihr Mann in Gefahr?«

»In Gefahr nicht. Zumindest dachte ich das. Aber er hat sich mit dem Unternehmen nicht nur Freunde gemacht.«

»Inwiefern?«

»Wer Erfolg hat, baut den immer auf dem Verlust von jemand anderem auf.«

»Ist das so?«, wagte ich die Bemerkung zu hinterfragen. Sie sah mich wortlos an.

»Patricks Gewinn bedeutet, dass jemand anderes weniger verdient.«

»Dafür garantiert er doch, dass mehr verkauft wird.«

»Das sehen nicht alle so.«

»Frau Baldewein«, schaltete sich Daniela wieder ein. »Es tut mir leid, das fragen zu müssen, aber hatte Ihr Mann eine Affäre?«

KAPITEL 10

Zum ersten Mal spürte ich aufflammendes Interesse hinter den dunklen Gläsern, verstand aber Danielas Frage nicht. War es nicht gerade umgekehrt ...?

»Nur eine?«, sagte sie verächtlich.

»Sie wissen davon?«, hakte Daniela nach.

»Natürlich.«

»Und das störte Sie nicht?«

»Ich hab ihn nicht getötet.«

»Sie geben doch zu, dass Eifersucht ...«

»... in einer offenen Beziehung nicht ausschlaggebend ist. Klar, am Anfang hat mich das irgendwie ... frustriert. Dann musste ich begreifen, dass ich das entweder in Kauf nehme oder Patrick verliere.«

»Sie haben sich mit der Situation abgefunden?«

»Mal mehr, mal weniger. Er nahm sich immer wieder ›freie‹ Abende.«

»So wie gestern Abend?«

Sie nickte.

»Und was machen Sie an solchen Abenden?«, fragte ich.

»Sie sind mitfühlend, das weiß ich zu schätzen. Ich lenke mich ab.«

»Wissen Sie, mit wem er sich gestern Abend hätte verabreden können?«

»Damit eine solche Beziehung funktioniert, gibt es eine goldene Regel: Nie fragen.«

»Wo waren Sie gestern zwischen 15.30 Uhr und sagen wir 17.00 Uhr?«

»Ich weiß es nicht mehr.« Sie machte eine Bewegung, als wollte sie eine lästige Fliege verscheuchen. »Shoppen vielleicht. Ich war in Bern gestern.«

»Kann das jemand bezeugen?«

»Ich war allein unterwegs.«

»Irgendein Ort, an dem man Sie hätte sehen können?«

»Vielleicht ein Kellner auf der Dachterrasse des ›Schweizerhof‹.«

Der Mann servierte ihr den Whisky.

»Haben Sie etwas gekauft? Irgendwo Ihre Kreditkarte benutzt?«

»Ich weiß nicht mehr. Vielleicht habe ich auch bar bezahlt.« Sie klang gelangweilt. Oder war es

Unsicherheit? Tief in mir spürte ich, dass ihr der Tod des Weingrossisten näher ging, als sie uns zeigen wollte.

»Wir werden das sowieso herausfinden.«

Baldewein leerte das Glas. »Dann tun Sie doch einfach Ihre Arbeit.«

»Wir fanden Ihren Mann in der Nähe der Einsiedelei. Könnten Sie sich vorstellen, warum man ihn dorthin gebracht hat?«

Sie zuckte die Achseln. »Keine Ahnung. Vielleicht tappte er ja in eine Falle. Männer, die sich vergnügen, können selten gleichzeitig denken.«

»Er wurde nicht dort getötet.«

Abermals zuckte sie mit den Schultern. »Ich bin müde. Bitte entschuldigen Sie mich.« Sie stand auf und verließ den Tisch in Richtung der Toiletten. Der Restaurantmitarbeiter stand am Eingang des Restaurants. Er beobachtete uns, während er sie durchließ. Dann kam er zum Tisch, nahm das leere Whiskyglas und unsere leeren Kaffeetassen an sich.

»Darf's noch irgendwas sein?«, fragte er. Wir verneinten und bezahlten unsere Getränke. Als wir die Terrasse verließen, war Baldewein immer noch nicht zurück.

»Jeder geht mit solchen Nachrichten anders um, Valerie.«

»Sie hat ihn schon lange verloren.«

»Ich würde sagen, sie hat ihn nie wirklich besessen.«

Ich dachte an Donnie. »Ich könnte so nicht leben.«

»Mit dem Gefühl, eine geliebte Person teilen zu müssen?«

»Ich dachte eher an den Umstand, mit jemandem zusammen zu sein, der keine klare Entscheidung treffen will.«

»Er muss ja augenscheinlich keine Entscheidung treffen.«

»Du hast wohl recht. Meine Sichtweise ist vielleicht überholt, aber ich frage mich, was macht das mit dir? Langfristig meine ich? Und dann fühle ich Einsamkeit, Hilflosigkeit und Frustration.«

»Sie hat ein Motiv, die Gelegenheit und definitiv die Mittel, um den Mord zu begehen.«

»Ich habe Mühe, mir vorzustellen, dass sie ihren Mann im Untergeschoss niederschlägt, ihn in einen Teppich einwickelt, den die Treppe hochschleppt, ins Auto hievt ...«

»Sie muss es ja nicht allein getan haben. Vielleicht half ihre Dienstagsablenkung dabei.«

Ich schwieg. Irgendetwas in mir widersetzte sich dem Verdacht, der zwischen Daniela und mir stand. Nenn es weibliche Intuition! Nenn es sechsten Sinn! Aber ich täusche mich selten. Baldewein hatte gefasst reagiert. Als würde es sie nichts angehen. Als wäre das nichts Neues für sie. Als hätte sie damit nichts zu tun.

»Und jetzt?«, fragte ich.

»Jetzt schauen wir uns mal ein Unternehmen an, das Wein an- und wieder verkauft.«

KAPITEL 11

Das Unternehmen lag irgendwo im Nirgendwo. Auf dem Weg dorthin fragte ich mich, ob den Führerschein besitzen und ein Auto haben Pflicht war, um hier arbeiten zu dürfen. Einen Bus gab es jedenfalls nicht. Das Industriegelände begleitete die Straße auf vielleicht dreihundert Metern, bevor der Eingang sichtbar wurde. Ein hoher Drahtzaun hielt Neugierige fern. Wir bogen ab und kamen vor einer Schranke zum Stehen. Ein Mann in der Uniform einer Sicherheitsfirma fragte nach unserem Ziel. Im Häuschen saß ein Schäferhund mit Maulkorb, der die Szene interessiert beobachtete. Daniela wies sich aus und der Mann öffnete die Schranke.

»Wovor fürchten die sich denn? Maschendraht, zwei Mann hoch, Sicherheitsdienst mit Hund am Eingang ...« Ich schüttelte den Kopf.

»Der Handel mit Alkohol ist wohl gefährlicher, als wir denken.«

Daniela hielt unvermittelt auf das zentrale Gebäude zu, das mit den Fenstern aussah, als wartete es nur darauf, uns fressen zu können. Als ich ausstieg, wehte mir ein unangenehmer Geruch entgegen. Die Luft war geschwängert von Rotweinresten. Daniela schloss das Auto ab, als auch schon ein Mann im Anzug auf uns zukam.

»Bitte entschuldigen Sie die Umstände. Heute Morgen verlor eine Palette Rotwein beim Verladen ihr Gleichgewicht und seither bete ich dafür, dass es bald regnet.« Er lächelte matt und stellte sich als Thomas Ziehli vor, Mitinhaber der Firma. Er war gut einen Kopf kleiner als Daniela, die seine Hand schüttelte.

»Daniela Burri von der Kripo Fribourg. Waren wir angekündigt?«

Er lachte. »Nicht wirklich. Aber ich habe Ihren Kollegen am Telefon gesagt, dass es nicht eilen würde.«

Daniela warf mir kurz einen Blick zu.

»Können Sie uns nochmals sagen, was vorgefallen ist?«, fragte ich.

Er kratzte sich am Kopf. »Sie kommen mir irgendwie bekannt vor ... ja, nun, der Einbruch.

Letzte Woche, am Mittwoch, um genauer zu sein, hat unsere Sekretärin feststellen müssen, dass jemand in die Räumlichkeiten eingedrungen war.«

»Aber Sie haben den Einbruch erst heute gemeldet?«

»Es ist nichts gestohlen worden.«

»Wieso haben Sie es erst heute gemeldet?«

»Um ehrlich zu sein, weiß ich es nicht. Obschon nichts in die Brüche ging und nichts fehlt, meinte Patrick, wir sollten es nicht melden.«

Abermals kratzte er sich am Kopf. »Etwas kurios, wenn ich darüber nachdenke. Aber er wird seine Gründe haben. Es gab jedenfalls deutliche Spuren im Archiv, dass jemand da gewesen war.«

»Welcher Art?«

»Jemand hatte sich an den Akten zu schaffen gemacht. Aber Frau Guérig kann Ihnen da sicher mehr dazu sagen.«

»Wir werden mit ihr sprechen, Herr Ziehli, aber könnten wir uns zuerst irgendwo ungestört unterhalten?«

Er sah Daniela eingehend an, dann nickte er. »Aber natürlich. Folgen Sie mir.«

Wir durchquerten den Eingangsraum und folgten Ziehli die Treppe hoch in sein Büro. Der obere Stock bestand hauptsächlich aus zwei Büros, einer kleinen Cafeteria und einem verschlossenen Raum, in dem ich das Archiv vermutete.

Das Büro war groß und enthielt einen Tisch, an den sich locker zwanzig Personen setzen konnten. Ziehli steuerte einen großen Schreibtisch an, der am Ende des Raumes stand.

»Nehmen Sie doch Platz. Möchten Sie etwas trinken?«

Daniela verneinte. »Wann haben Sie Patrick Baldewein das letzte Mal gesehen?«

Die Frage überraschte Ziehli. Er richtete sich alarmiert auf.

»Gestern. Wieso wollen Sie das wissen?«

»Er wurde heute Morgen tot aufgefunden.«

Ziehli sank in seinen Sessel zurück. Dann fuhr er sich mit einer Hand übers Gesicht.

»Ist er ...?«

»Er wurde ermordet.«

Ziehli biss sich auf die Lippen.

»Er bat mich gestern zu bleiben.«

»Er verließ sein Büro früher als üblich?«

»Er stand plötzlich in der Tür und sagte, er müsse dringend weg.«

»Wann war das?«

»So um die halb drei. Vielleicht ein wenig später.«

»Wie wirkte er auf Sie?«

»Angespannt, nervös. Ich kenne ihn ganz anders. Er war eher ... ein Prinzip-Mensch. Ihm war wichtig, alles kontrollieren zu können. Und da er über die Gabe verfügte, mögliche Situationen vorauszusehen, hatte er auch stets schon einen Lösungsansatz vorbereitet ...« Ziehli blickte stirnrunzelnd auf seinen Tisch.

»Wann gingen Sie schließlich nach Hause?«

»Ich?« Er sah Daniela an, als erwachte er aus dem Tiefschlaf. »Um sechs Uhr denke ich.«

»Kann das jemand bezeugen?«

»Frau Guérig und ich waren die Letzten gestern. Wir verließen das Gebäude gemeinsam.«

»Wie würden Sie Herrn Baldeweins Verhalten in letzter Zeit beschreiben?«

»Ich denke, lebensfroh trifft es am besten.«

»Ist Ihnen irgendetwas Besonderes an ihm aufgefallen?«

Ziehli überlegte einen kurzen Moment, schüttelte dann den Kopf. »Ich habe nichts Ungewöhnliches bemerkt.«

»Ging er mal früher nach Hause? Gab es unübliche Gespräche?«

Er schüttelte erneut den Kopf. »Nein.«

»An was arbeitete er?«

»Wir sind im Gespräch mit einem Discounter, einem neuen Großkunden. Mehr darf ich dazu nicht sagen.«

»Verstehe. Ist da jemand, der einen Grund gehabt haben könnte, Herrn Baldewein zu töten?«

»Erfolg macht immer Eifersüchtige. Aber da war diese Geschichte mit Alexander Kummerer. Wir mussten uns leider ziemlich plötzlich von ihm trennen.«

»Warum das?«

»Wir sprechen von Vertrauensbruch.«

»In welcher Form?«

»Nun wir mussten leider feststellen, dass Herr Kummerer sich an der Quelle bediente. Seine Erkrankung konnten wir mit den Ansprüchen an unsere Mitarbeiter leider nicht mehr vereinbaren.«

»Er war wütend?«

»Er kam seither mehrere Male her und drohte uns.«

»Deshalb also der Pförtner.«

Ziehli nickte. »Wir mussten etwas tun, um unsere Mitarbeiter zu schützen.«

»Könnten wir die Kontaktdaten von Herrn Kummerer haben?«

»Aber natürlich. Frau Guérig wird sich darum kümmern.«

KAPITEL 12

Silvia Guérig trug einen grünen Rock, einen weißen Gürtel mit Goldschnalle und eine Bluse, die mit Blüten in den verschiedensten Farben übersät war. Ich war von so viel Mut positiv angetan. Ihre roten Haarlocken kontrastierten mit den grünen Augen, die ihre Brillengläser zu vergrößern wussten.

»Ich habe Ihnen die Adresse von Alexander Kummerer aufgeschrieben. Ob die noch stimmt, weiß ich allerdings nicht.«

Sie händigte mir einen Zettel aus, den ich dankend annahm.

»Hätten Sie Zeit, um uns einige Fragen zu beantworten?«

Ihr Blick glitt von ihrem Computerbildschirm zu einem Dokumentenstapel. Dann lächelte sie. »Das kann warten.« Sie warf den Kugelschreiber achtlos auf den Tisch. »Kommen Sie, ich brauch einen Kaffee.« Guérig nahm das Telefon von der

Station und führte uns in einen Raum mit kleinen Stehtischen, einer kleinen Küche und einer großen Kaffeemaschine. Minuten später hatten wir alle einen Pappbecher vor uns stehen, auf dem das Logo der Firma zu sehen war.

Guérig musste meinen Blick bemerkt haben, denn sie lächelte. »Wir leben in einer Welt der Gegensätze. Aber um ehrlich zu sein, trinke ich lieber Kaffee in einem Becher, der für Wein wirbt, als Wein aus einem Pappbecher, der für Kaffee gemacht ist.«

»Herr Ziehli hat uns über den Vorfall letzte Woche berichtet. Er sagte, nichts wurde gestohlen, aber vieles in Unordnung gebracht.«

»Das kann ich durchaus so stehen lassen. Es wurde nichts zerstört oder entwendet. Gewisse Dokumente lagen verstreut herum.«

»Wonach suchte die Person?«

»Ich habe keine Ahnung. Die Dokumente hatten mit Lieferungen zu tun und der einhergehenden Buchhaltung.«

»Buchhaltung?«, fragte ich.

»Ist die Person gewaltsam eingedrungen?«, fragte Daniela.

»Das ist ja das Kuriose. Ich konnte weder an der Eingangstüre noch an derjenigen zum Archiv irgendwelche Spuren finden.«

»Als hätte der Besucher einen Schlüssel gehabt?«

Sie nickte. »Obschon ... es gibt nur wenige, die Zugang zum Archiv haben. Ich, Thomas, Patrick und da gibt es einen Ersatzschlüssel am Empfang.«

»Und der ist immer noch dort?«

»Ja. Das habe ich als Erstes kontrolliert.«

»Dann gibt der Schlüssel zum Haupteingang nicht Zugang zum Archiv?«

»Nein, zu keinem Raum im oberen Stockwerk.«

»Gibt es Sicherheitskameras?«

Sie schüttelte den Kopf. »Wir setzen hier auf Werte wie Vertrauen.«

»Warum haben Sie den Vorfall nicht sofort gemeldet?«

Guérig schob ihre Brille zurecht. Sie schien plötzlich unsicher. »Ich wollte es ja, aber Patrick ...«

»Herr Baldewein wollte es nicht?«

Sie nickte. »Er sagte, er würde das selbst klären.«

»Herr Baldewein wurde heute Morgen tot aufgefunden.«

Für einen Augenblick dachte ich, Guérig würde in Ohnmacht fallen. Mit beiden Händen hielt sie sich am runden Tisch fest.

»Sie wussten es nicht?«

Sie schüttelte den Kopf. Ich sah, wie sie versuchte, ihrer Gefühle Herrin zu werden.

»Warum haben Sie sich entschieden, den Vorfall trotzdem zu melden?«

»Ich ... ich habe es mit Thomas besprochen. Und nach den Vorkommnissen um Herrn Kummerer ...«

»Verstehe. Sie machten sich Sorgen.«

»Ich fühlte mich nicht mehr sicher.«

»Am Dienstag verließ Herr Baldewein sein Büro um etwa halb drei. Können Sie das bestätigen?«

»Die genaue Zeit weiß ich nicht mehr, aber ich erinnere mich, ihm einen Anruf durchgestellt zu haben. Daraufhin bat er mich, alle seine Termine für den Nachmittag zu verschieben.«

»Von wem kam der Anruf?«

»Ich weiß es nicht mehr. Vielleicht hat der Anrufer seinen Namen auch nicht genannt. Ich müsste die Nummer heraussuchen.«

»Das wäre hilfreich.«

»Dann mach ich das doch gleich.« Sie nestelte an ihrem Rock, rückte die Bluse an den Ärmeln zurecht und überließ uns unseren Pappbechern.

Einen Augenblick harrten wir in der Stille unserer Gedanken. Daniela seufzte und streckte sich dann ausgiebig.

»Also Baldewein erhält einen Anruf und verlässt vorzeitig sein Büro. Eineinhalb Stunden später sieht ihn meine Mutter tot im Untergeschoss seines Hauses liegen.«

»Wir müssen mit diesem Kummerer reden.«

»Du meinst, er steckt hinter dem Einbruch?«

»Es ist eine Möglichkeit. Ich denke, Baldewein wusste, wer hinter der Unordnung im Archiv steckte. Darum hat er sich auch anerboten, die Sache zu klären.«

Ich hörte, wie Danielas Handy in ihrer Tasche zu vibrieren begann. Sie blickte auf das Display und nahm den Anruf entgegen.

»Daniela hier ...«

In dem Moment erschien Guérig in der Tür.

»Ich ruf dich gleich zurück, ja?« Daniela beendete kurzerhand das Gespräch, als Ziehlis Sekretärin an den Tisch trat. Ich nahm einen letzten Schluck Kaffee.

»Es handelt sich um eine Handynummer, die ich Ihnen hier aufgeschrieben habe. Der Anruf kam um exakt Viertel nach zwei. Wie lange er gedauert hat, weiß ich nicht, aber sehr lange kann das nicht gewesen sein, denn knapp zehn Minuten später rief mich Patrick an, um die beiden verbleibenden Termine zu verschieben.«

»Danke. Kleine Frage noch. Wie lange war Herr Kummerer bei Ihnen angestellt?«

Guérig schob ihre Brille hoch. »Wir alle hier sind schon lange dabei. Vielleicht fünf Jahre?«

Daniela nickte. »Sie haben uns wirklich geholfen.«

»Aber gern doch.« Sie sah aus, als wollte sie uns noch etwas sagen.

»Ja?«, lud ich sie dazu ein.

»Ich weiß nicht, ob das hilft, aber Patrick war ein guter Mensch. Er wird uns fehlen.«

KAPITEL 13

Der Sicherheitsbeamte am Eingangstor bestätigte uns, dass Baldewein das Areal am Dienstagnachmittag vorzeitig verlassen hatte. Er konnte sich daran erinnern, weil der nicht angehalten habe, um ihn zu grüßen, wie er es normalerweise zu tun pflegte. Eine zu Hilfe gezogene Liste aus dem Wachhäuschen bestätigte die Uhrzeit: Viertel vor drei.

Der Wachmann war also vielleicht die letzte Person, die Baldewein lebend gesehen hat.

Während ich Danielas Wagen in Richtung Düdingen lenkte, rief sie ihren Kollegen von der Spurensicherung zurück.

Er bestätigte, dass Baldewein nicht bei der Einsiedelei zu Tode gekommen war. Man hatte ihn dort platziert. Der tatsächliche Grund für den Anruf waren aber Reifenspuren, die das Team hatte sicherstellen können.

Und zwar zweimal dieselben.

»Sie haben die mit Baldeweins Wagen abgeglichen und einen Treffer gelandet.«

»Dann war ein zweiter Wagen mit denselben Reifen vor Ort?«

»Baldeweins Auto haben wir, das zweite fehlt. Und mein erster Gedanke ist natürlich ...«

»... Hannelore Baldewein«, beendete ich den Satz.

»Selbe Automarke, selbe Werkstatt, gleiche Reifen«, bestätigte Daniela.

»Sie war vor Ort?«

»Nun ja, die Kollegen müssen ihren Wagen zuerst noch untersuchen. Aber der Sachverhalt kommt nicht wirklich überraschend. Wir haben ja schon mit dem Gedanken gespielt, dass ihr jemand hätte helfen müssen, falls sie ihren Mann umgebracht hat. Und wenn Baldeweins Wagen bei der Einsiedelei blieb ...«

»... musste sie ja irgendwie wieder nach Hause kommen«, vollendete ich den Gedanken.

»Aber warum die Einsiedelei?«

»Und weshalb hat man den Wagen so offensichtlich dort hingestellt, dass alle ihn sehen können?«

»Du denkst an eine Inszenierung?«

Ich antwortete nicht. Der Täter wollte, dass er dort entdeckt wurde. Ein anderer Grund kam mir gerade nicht in den Sinn. Und hatte ich recht mit meiner Annahme, dann musste der Ort Baldewein mit jemandem verbinden. Wurde er aus Rache getötet?

Daniela machte sich am GPS zu schaffen und erweckte die weibliche Stimme zum Leben.

»Kummerer?«, fragte ich.

Sie nickte. »Nach allem, was wir über ihn erfahren haben, hätte er durchaus ein Motiv.«

»Nach all den Jahren muss das für ihn schwer zu verkraften sein. Denkst du, er steckt hinter dem Einbruch?«

»Es sieht ganz danach aus. Baldewein hat ihm gekündet. Er versucht, sich zu rechtfertigen und braucht dafür Informationen.«

»Wie kann er sein Verhalten rechtfertigen?«

»Viele merken nicht, dass sie dem Alkohol verfallen. Andere wiederum schämen sich dafür. In beiden Fällen bleibt ein Erklärungsbedürfnis.«

»Aber was dachte er dort zu finden?«

Daniela schwieg. Ich folgte der Stimme des GPS und kurz darauf standen wir vor dem Eingang eines Gebäudes in Fribourg. Die Häuser waren so nah aneinander gebaut worden, dass man sich von einer Küche zur anderen hätte austauschen können, wären da nicht eine Vielzahl an Satellitenschüsseln im Weg gewesen. Ich zählte einundzwanzig Briefkästen und drei vergilbte *Bitte keine Werbung*-Aufkleber. Im Eingang standen Kinderräder, Tretroller und Abfallsäcke. Wir nahmen die Treppe.

Vor Kummerers Tür stand ein schiefes Schuhmöbel neben einem Fußabtreter, auf dem zu lesen war: *Einbrechen lohnt sich nicht. Versuchs beim Nachbarn!* Ich musste schmunzeln. Daniela klopfte an.

Kurz darauf stand uns ein Mann mittleren Alters gegenüber. Er trug ein weißes Trägershirt, einen Fünf-Tage-Bart. Weiße Brusthaare suchten sich den Weg ins Licht.

»Ja?« Er musterte uns eigenwillig, aber ohne jegliche Ablehnung. Wir waren ihm schlicht egal.

Daniela wies sich aus.

»Wir ermitteln in einem Mordfall und hätten da einige Fragen an Sie.«

»Mordfall? Wer ist denn tot?«

»Patrick Baldewein.«

Seine Augen wurden zu Schlitzen.

»Das ist nicht witzig«, fauchte er und wollte die Tür wieder schließen, aber Daniela blockierte sie mit ihrem Fuß. Als weder sie noch ich reagierten, blieb von der Wut nur noch Unbehagen zurück. »Echt jetzt?«

»Dürfen wir reinkommen?«, fragte Daniela behutsam. Kummerer drehte sich kurz um.

»Lieber nicht.«

»Wer ist da?«, hörte ich eine weibliche Stimme aus der Wohnung rufen. Er drehte den Kopf. »Alles gut, Mutter. Bin gleich da.«

Er trat aus der Wohnung und machte die Tür hinter sich zu. »Was wollen Sie wissen?«

»Wo waren Sie gestern Nachmittag zwischen drei und acht Uhr?«

»Ich war hier.«

»Kann das jemand bezeugen?«

»Meine Mutter.«

»Sie lebt auch hier?«, fragte ich mit einer Kopfbewegung in Richtung Klingelschild, auf dem zwei Namen zu lesen waren.

»Ja, das tut sie.«

Ich konnte nicht wissen, ob ihm das peinlich war. Jedenfalls wirkte er plötzlich bedrückt.

»Sie arbeiteten für Baldewein?«

»Lange Jahre, ja. Bis er mich rausschmiss. Aber heutzutage ist Erfahrung nichts mehr wert. Wenn's holprig wird, steigt man aus, anstatt sich anzuschnallen.«

»Warum hat er Ihnen gekündigt?«, wollte Daniela wissen.

»Das ist kompliziert.«

»Wir haben Zeit.«

Er blickte Daniela an, dann wieder auf den Boden. »Um ehrlich zu sein, weiß ich es nicht.«

»Sind Sie deshalb dort eingebrochen?«

»Eingebrochen?« Er war empört. »Ich weiß nichts von einem Einbruch.«

»Aber Sie waren noch einmal vor Ort.«

»Ja, ich wollte wissen, was los war. Ich brauche einen Job. Meine Mutter ...«

»Was ist mit Ihrer Mutter?«

Er biss sich auf die Lippe. Dann fasste er einen Entschluss. »Sie ist krank. Sie ist unheilbar krank. Und die Medikamente sind teuer, verstehen Sie?«

KAPITEL 14

»Er kann ihn trotzdem umgebracht haben. Er sucht ihn außerhalb der Firma zu sprechen, da er dort nicht mehr an ihn herankommt. Es kommt zum Streit ...«

»... in Baldeweins Untergeschoss?« Daniela sah mich irritiert an.

»Vielleicht doch eine blöde Idee.«

»Gibt es eine Verbindung zwischen Hannelore Baldewein und Kummerer?«

»Du hältst ihn für den Helfer?«

»Wäre möglich.«

»Die spielen in verschiedenen Ligen. Wieso sollte jemand wie sie sich mit jemandem wie ihm abgeben?«

»Keine Ahnung. Weil er sich um seine Mutter kümmert? Weil sie an das Geld ihres Mannes rankommen will?«

Daniela tippte wieder auf ihrem Handy herum, während ich den Wagen aus dem Schönbergquartier in Richtung Düdingen lenkte.

»Wir haben einen Treffer mit der Telefonnummer, die uns Guérig gab. Es handelt sich um eine gewisse Michaela Haymoz. Sie lebt in Düdingen.«

»Na dann wollen wir mal sehen, warum Baldewein so ins Schlittern kam, als sie ihn anrief.«

Das Quartier lag nicht weit von meiner eigenen Wohnung entfernt.

Michaela Haymoz erschrak, als sie die Polizeimarke sah. Die junge Frau – ich schätzte sie auf vielleicht fünfunddreißig – hatte definitiv nicht mit uns gerechnet. Sie wirkte bleich und müde. Ringe unter ihren Augen ließen auf unruhige Nächte schließen. Ihr Blick glitt von Daniela zu mir und zurück. Sie konnte meine Präsenz nicht einordnen.

»Aber Sie sind doch die von der Buchhandlung?« Michaela Haymoz versuchte, die Situation zu klären.

»Das bin ich. Ich helfe der Polizei gelegentlich. Dürften wir kurz reinkommen?«

Als sie von Baldeweins Tod erfuhr, brach sie zusammen. Haymoz war mit ihren Gefühlen überfordert. Es brauchte einige Minuten, bis sie wieder einigermaßen ansprechbar war.

»Wann haben Sie ihn denn zum letzten Mal gesehen?«

»Montag ... ja, das war am Montag. Aber ich habe ihn Dienstag angerufen.«

»Das wissen wir. Und er hat daraufhin sein Büro sehr schnell verlassen. Können Sie uns das erklären?«

Sie sah zu Boden. »Er wollte nicht am Telefon mit mir darüber sprechen.«

»Über was sprechen?«

»Ich wollte Schluss machen.«

»Sie hatten eine Affäre mit ihm?«

»Ich weiß nicht, wie ich das zwischen uns nennen soll. Wir reden viel, schlafen ... schliefen auch zusammen.« Sie knetete das Taschentuch in ihren Händen. Neue Tränen rannen ihr über das Gesicht. »Das ist alles meine Schuld.«

»Sie haben per Telefon Schluss machen wollen?«

Sie schluckte leer, nickte. Ihre Schultern fielen nach vorn, als fehlte ihr plötzlich jegliche Kraft.

»Ich wollte ... einfach Schluss machen. Aber Patrick hat das nicht akzeptiert. Er wollte mich sehen.«

Daniela und ich wechselten ein Blick.

»Warum wollten Sie Schluss machen?«

»Er war immer da gewesen, wenn es in meiner Ehe nicht so rund lief. Aber die Zeiten ändern sich.«

»Wieso wollten Sie die Beziehung nicht mehr weiterführen?«

»Ich musste eine Entscheidung treffen.«

»Was ist dann passiert?«, fragte Daniela.

»Ich konnte nicht Nein sagen. Wie immer.«

»Und ihr habt euch getroffen?«

Sie schüttelte den Kopf. »Er ist nicht aufgetaucht.« Sie schniefte lautstark.

»Sie haben auf ihn gewartet?«

»Ja, am Ort, wo wir uns immer treffen.«

»Lassen Sie mich raten«, meldete ich mich zu Wort. »Bei der Einsiedelei?«

Als ich den Ort nannte, fuhr sie zusammen.

»Woher wissen Sie das?«

Ich erklärte es ihr. Fassungslos starrte sie vor sich hin. Dann bebte ihr ganzer Körper, als eine neue Welle von Tränen sich den Weg auf ihre Wangen suchte.

»Wie lange warteten Sie auf ihn?«, fragte Daniela sanft.

Haymoz musste überlegen.

»Vielleicht bis vier …«

Sie sah Daniela an, als suchte sie deren Zustimmung. Ich rechnete nach. Eineinhalb Stunden nachdem Baldewein sein Büro verlassen hatte. Meine Mutter sah ihn nach vier Uhr im Untergeschoss seines Hauses. Ich schloss daraus, dass er auf dem Weg zur Einsiedelei einen Halt bei sich zu Hause gemacht hat und diesen Ort nie mehr verließ. Wollte er sich vor der Begegnung mit Haymoz frisch machen?

»Wieso haben Sie nicht versucht, ihn telefonisch zu erreichen?«

»Ich hab es versucht. Aber er antwortete nicht. Ich fühlte mich schon so schrecklich genug.«

»Sie haben von einer Entscheidung gesprochen, die Sie treffen mussten?«

Sie nickte. »Es konnte und durfte nicht so weitergehen.«

»Warum denn nicht? Was hat sich denn zwischen Ihnen geändert?«

»Ich bin endlich schwanger.«

KAPITEL 15

»Eins wissen wir nun mit Bestimmtheit. Der Mord an Baldewein muss mit seiner Beziehung zu Haymoz in Verbindung stehen. Das ist die einzige logische Erklärung für die Einsiedelei.«

»Die Frage ist also, wer wusste, dass sie sich dort trafen?« Ich gurtete mich an.

»Wir wissen, dass die Baldeweins sehr offen mit ihrer Ehe umgingen. Ich würde davon ausgehen, dass Hannelore um die Beziehung wusste.« Daniela befestigte ihr Telefon auf dem Handyhalter des Armaturenbrettes.

»Vielleicht ist Michaela Haymoz' Freund ihnen auf die Schliche gekommen.«

»Sie sagte, sie haben lange gewartet, bis sich nun endlich Nachwuchs ankündigte.«

»Was die Tatsache der Schwangerschaft nur umso wertvoller macht.«

»Ich kann Haymoz verstehen, dass sie deswegen Schluss macht.«

»Und ich kann Baldeweins Reaktion nachvollziehen. Er, der immer für alle Eventualitäten eine Lösung bereithielt, musste deswegen völlig aus dem Konzept geraten sein.«

Daniela ließ den Motor an und wollte schon losfahren, als eine Nachricht einging.

»Planänderung. Die Spurensicherung ist in Baldeweins Garage. Und sie haben da etwas Interessantes gefunden.«

Minuten später parkte sie den Wagen auf dem Feld gegenüber der Villa. In der Zufahrt standen drei Fahrzeuge. Die Türen der Doppelgarage standen offen und gaben den Blick auf einen schwarzen SUV frei. Drei Mitarbeiter der Spurensicherung arbeiteten am und im Auto.

Ich blickte kurz zum Haus hinüber. Konkret sah ich niemanden, aber einer der Vorhänge bewegte sich kurz.

Daniela begrüßte ihren Kollegen, der sich als Arno Bielmann vorstellte. Er führte uns zu einem Laptop, der auf einem Klapptisch installiert worden war.

»Ist Frau Baldewein zu Hause?«, fragte ich ihn.

»Nein, es war die Haushälterin, die uns öffnete, warum?«

»Nur so.«

Er zuckte mit den Schultern. »Also … wir können mit großer Wahrscheinlichkeit sagen, dass dieser Wagen bei der Einsiedelei gewesen sein muss.«

»Mit wie hoher Wahrscheinlichkeit?«, fragte Daniela.

»Zu fünfundneunzig Prozent sind wir uns einig.« Er lachte. Ich begriff die Heiterkeit nicht, schloss aber daraus, dass es so etwas wie ein Running Gag zwischen ihnen sein musste.

»Aber wir haben noch mehr herausgefunden. Natürlich haben wir das Auto auf Fingerabdrücke untersucht. Logischerweise fanden wir diejenigen von Hannelore Baldewein und ihrem Mann. Aber dann staunten wir nicht schlecht. Jemand hat nämlich erst kürzlich versucht, den Wagen zu reinigen.«

»Na ja, wenn der Wagen bei der Beseitigung einer Leiche eine Rolle spielte ...«

»Wir haben einen Teilabdruck sicherstellen können und ihn durch die Datenbank gejagt. Jetzt ratet mal, wer in seiner Jugend wegen Drogenmissbrauchs und leichtem Diebstahl aktenkundig wurde?«

»Keine Ahnung. Alexander Kummerer?«

Der Techniker schüttelte den Kopf.

»Michaela Haymoz?« Ich versuchte mein Glück.

»Der Fingerabdruck stammt von einem Thomas Ziehli.«

»Ihr seid euch sicher?«

»Hast du jemals an uns gezweifelt?«

»Auch wenn ich nicht an das Leben nach dem Tod glaube, werde ich trotzdem Ersatzunterwäsche vorsehen.«

»Autsch.« Er lachte. »Und Woody Allen zitiert sie auch. Was ist eigentlich mit unserem Dinner? Du hast mir nicht geantwortet.«

Ich sah Daniela belustigt an.

»Hatte viel zu tun. Können wir mal machen.«

»Das klingt nach ›kein Mal ist kein Mal‹.«

»Da kann man nichts machen außer weiter.«

»Dein Lächeln ist meine Kurve, die alles wieder geradebiegt.«

»Vorsicht, sonst kontaminierst du noch die Räumlichkeiten.«

Das Duell nahm ein jähes Ende, als einer der beiden anderen Bielmann zu sich rief. Der Mann stand bei einer Ansammlung von Werkzeugen. Ich konnte Besen und Schaufeln ausmachen und an der Wand Hammer, Sägen, Schraubenzieher.

Bielmann lächelte schief und schlurfte zu seinem Kollegen.

»Da hat aber jemand Schmetterlinge«, neckte ich Daniela, während wir die Garage verließen. Sie schüttelte nur den Kopf. »Kommentare überlasse ich meinen Augenbrauen. Würde ich mit jedem ausgehen, der das möchte, hätte die Woche nicht genug Abende und ich keine Freizeit mehr. Ich weiß nicht, was die sich erhoffen.«

»Ich kann es mir gut vorstellen.« Ich zwinkerte ihr zu. Ihre Augenbrauen antworteten mir.

»Ziehli. Wer hätte das gedacht«, kam sie auf den Fall zurück.

»Ist das so abwegig?«

»Daniela?« Wir drehten uns um. Bielmann kam auf uns zu. »Es scheint so, als hätten wir auf einer der Gerätschaften Blutspuren. Das Luminol hat unter der Tatortlampe reagiert.«

»Ich glaube, es ist an der Zeit auch das Haus mal gründlich zu durchsuchen«, sagte Daniela. »Ich sorge für einen richterlichen Beschluss.«

»Den hast du noch nicht?«

»Ich hab ihn noch nicht erhalten. Aber bis ihr hier fertig seid, liegt er auf meinem Tisch.«

»Verstehe.«

»Wir unterhalten uns mal mit der Haushaltshilfe.«

»Alles klar.«

Daniela und ich überließen Bielmann und sein Team ihrer Arbeit.

»Ich finde das überaus merkwürdig. Wäre ich die Mörderin, würde ich mich von jeglichen Beweismitteln trennen und sie nicht gereinigt vor Ort behalten.«

»Nur bist du eben nicht die Mörderin. Du glaubst, man will Hannelore Baldewein den Mord in die Schuhe schieben?«

Ich zuckte mit den Achseln. Daniela klingelte.

»Eins ist jedenfalls klar. Ob Hannelore, Ziehli, Kummerer oder Haymoz. Jemand hat uns angelogen.«

KAPITEL 16

»Ja bitte?« Das Gesicht von Frau Zehntner erschien in der Tür.

»Ist Frau Baldewein zu Hause?«, fragte Daniela.

»Nein, sie ist nicht da. Das habe ich bereits Ihrem Kollegen gesagt.«

»Hätten Sie kurz Zeit, um uns einige Fragen zu beantworten?«

Ihr misstrauischer Blick entging mir nicht.

»Haben Sie, als Sie am Montag hier waren, Frau Baldewein gesehen?«

Sie überlegte nur kurz. »Ja, sie war da, als ich eintraf.«

»Um welche Zeit war das?«

Sie entspannte sich. »Kurz vor elf Uhr morgens.«

»Und war sie die ganze Zeit zugegen?«

»Nein, sie verließ das Haus um zwei Uhr. Ich habe dann das Untergeschoss fertig geputzt und bin dann um vier Uhr gegangen.«

»Verstehe. Sie haben einen Schlüssel zur Villa?«

»Ja, Herr Baldewein hat mir einen gegeben, damit ich meine Arbeit selbst einteilen kann.«

»Aber Sie kommen immer montags, am Mittwoch und am Freitag. Ist das richtig?«

»Bis auf kleine Ausnahmen, ja.«

»Waren Sie gestern Nachmittag hier?«

Sie sah mich und Daniela abwechselnd an. »Ich war kurz hier, ja.«

»Um welche Zeit war das?«

»Ich bin vor zwei Uhr wieder nach Hause gegangen.«

»Wieso kamen Sie überhaupt an einem Dienstag?«

»Frau Baldewein hatte mich darum gebeten, weil sie am Montagabend Besuch hatte.«

»Und Patrick Baldewein sollte nichts davon mitbekommen?«

»Das geht mich nichts an.«

»Wissen Sie, wer am Montag bei ihr war?«

»Das geht mich nichts an.«

»Haben Sie in Ihrer Arbeit etwas Unübliches im Haus bemerkt? Etwas, das nicht dem Alltäglichen entspricht?«

Sie überlegte. »Sie hat letzte Woche die Anordnung der Möbel im unteren Stockwerk umgestellt.«

»Und wie würden Sie diese Veränderung beschreiben?«

»Es sieht mit weniger Möbelstücken ordentlicher und größer aus. Und ich komme nun schneller voran als vorher.«

»Warum das?«

»Der große Teppich ist endlich weg. Ich muss unten nur noch den Boden reinigen. Zusätzlich einen alten Teppich zu shampoonieren ist zeitaufwendig.«

»Was wurde aus den Möbeln?«

»Die wurden entsorgt, glaube ich.«

»Glauben Sie?«

»Sie standen am Dienstag noch in der Garage, heute nicht mehr.«

»Sie waren gestern in der Garage?«

Sie sah mich verunsichert an. »Ich kümmere mich auch um den Garten. Und die Gerätschaften dazu stehen nun mal in der Garage.« Zehntner zeigte erste Anzeichen von

Unmut, die auch Daniela zu erkennen wusste. Sie insistierte nicht.

»Vielen Dank. Sie waren uns eine große Hilfe.«

Zehntner erwiderte nichts. Ihr Blick war plötzlich alles andere als freundlich. Sie schloss die Tür ohne ein weiteres Wort.

Im Auto fasste Daniela dann zusammen. »Zehntner war bis um zwei in der Villa beschäftigt. Baldewein musste irgendwo um drei Uhr eintreffen, um sich frisch zu machen. Deine Mutter sah ihn um vier im Untergeschoss in seinem Blut liegen und Hannelore Baldewein kam, wie sie sagte, erst um fünf heim.«

»Ziehli verließ sein Büro in Begleitung von Guérig erst um sechs und Haymoz wartete bei der Einsiedelei bis vier Uhr.«

»Zu der Zeit war Baldewein sehr wahrscheinlich bereits tot. Die Frage ist also, wer war noch im Haus, als Baldewein heimkam?«

»Wir suchen also nach jemandem, der von der Liebelei zwischen Haymoz und Baldewein wusste, und der abschätzen konnte, wann Baldewein heimkommen würde.«

»Die Einzige, die mir da einfällt, ist Haymoz. Aber sie sagte aus, sie hätten sich bei der Einsiedelei verabredet.«

»Und wenn sie lügt?«

Ich sah sie wieder vor mir, wie sie auf Baldeweins Ableben reagiert hatte, und kam nicht umhin den Kopf zu schütteln. »Das passt nicht ins Bild.«

»Wer ist ihr Freund?«

»Ich weiß nicht, wer der Vater ihres Kindes ist.«

»Vielleicht hat er einen Teil des Gespräches mitbekommen. Vielleicht hat sie ihm den Fauxpas gebeichtet.«

Sie startete den Motor. »Und er sah rot.«

KAPITEL 17

Daniela lud mich vor der Buchhandlung ab. Ich blickte ihr nach, bis ihr Wagen hinter der Zentralgarage verschwand. Dann atmete ich mehrmals tief ein und aus, blickte mich um. Die Pizzeria gegenüber war nachmittags geschlossen. Ein Kundenstopper in Form einer riesigen Eistüte lud Fußgänger ein, sich in der Gelateria nebenan etwas zu gönnen. Weiter unten streifte mein Blick das Schaufenster des Reisebüros und daneben das Coiffeurgeschäft.

Michaela Haymoz ging mir nicht aus dem Kopf. Die Situation stellte ich mir schrecklich vor und hoffte insgeheim, dass ihr Partner nichts mit Baldeweins Tod zu tun hatte. Ich wandte mich der ›Guten Seite‹ zu, als die Eingangstür aufging und Bärbel den Kopf herausstreckte.

»Na, Prinzessin, wieso so verträumt?«

Ich machte ihr große Augen und betrat die Buchhandlung.

Donnie zwinkerte mir zu, während er weiter Tassen abtrocknete. Ich schlüpfte aus dem Mantel und verstaute ihn in unserem Raum-für-alles. Als ich zurückkam, hatte es sich Bärbel bereits auf einem Hocker gemütlich gemacht.

»Und, was habt ihr herausgefunden?«

Ich wägte ab, was ich ihr erzählen sollte und durfte. Es würde innerhalb Stunden die Runde machen und deshalb entschied ich mich für eine einfache Version. Sie schien enttäuscht.

»Und dafür habt ihr so lange gebraucht?«, maulte sie.

»Alles braucht eben seine Zeit«, sagte Donnie und gesellte sich zu uns, ein Handtuch über der Schulter.

»Da haben sich ja die Richtigen getroffen.« Bärbel seufzte. »Ich denke, ihr kommt jetzt die restlichen Stunden ohne mich aus.«

»Wohin willst du denn?«, fragte ich mit Unschuldsmiene.

»Ich muss noch etwas erledigen. Und heute Abend ist Jass-Abend, wie jede Woche.«

»Und da musst du dich noch fein machen, verstehe.«

»Genau, Liebes.« Sie holte ihre Tasche und Mantel und konnte den Laden plötzlich nicht schnell genug verlassen.

»Und während dem Dorfklatsch nun Neues gefüttert wird, kannst du mir ja jetzt alles sagen, was du vorhin verschwiegen hast.«

Er kam lächelnd auf mich zu und ich ließ mich in die Arme nehmen. Man sollte sich nach anstrengenden Tagen immer was Gutes tun. Ich spürte die Wärme seines Körpers und die Anspannung wich von mir. Als das Glöckchen der Eingangstür ertönte, schob ich ihn sanft von mir. Ich hatte dem Dorftratsch genug Stoff für heute geliefert.

Die Kundin hatte uns natürlich gesehen, war aber so respektvoll, es nicht zu zeigen. Und ich war eigentlich ganz froh darüber, mich nicht erklären zu müssen. Nach der Frau kamen die Stammgäste des Nachmittagskaffees, und ehe wir uns versahen, war es Zeit, die Buchhandlung zu schließen. Während ich die Kasse abrechnete, fuhr Donnie mit dem Staubsauger durch die Bücherreihen. Ich schickte die Bestellungen des Tages ab und fuhr den Computer herunter. Donnie holte unsere Mäntel und löschte schließlich das Licht.

Der Tag kühlte aus. Als wir die Brugerastrasse erreichten, schlotterte ich am ganzen Körper. Donnie schickte mich unter die heiße Dusche, während er sich in der Küche um Hemingway kümmerte. Die beiden kamen so gut miteinander aus, dass ich eifersüchtig sein könnte.

Na ja, eifersüchtig bin. Manchmal, wenn wir gemeinsam auf dem Sofa saßen, ignorierte mein Vierbeiner all die Jahre, die ich mich um ihn gekümmert hatte, und legte sich auf seinen Schoss. Er stellte einen klaren Anspruch.

Während ich mich auszog und das fließende Wasser an Wärme gewann, musste ich an Haymoz denken. Sie hatte auch Anspruch erhoben. Auf ihre Beziehung. Auf ihr Kind.

Und wenn ihre Entscheidung mit dem Tod Baldeweins zu tun hatte? Wer wusste noch von der Schwangerschaft? Konnte es sein, dass Hannelore Baldewein zwar eine offene Beziehung akzeptierte, aber nicht eine schwangere Geliebte? Wie würde ich mich an ihrer Stelle fühlen?

Nicht zu wissen, mit wem sich Patrick Baldewein vergnügte, war eins. Beide schienen den anderen nicht verletzen zu wollen. Das ging ja so weit, dass Hannelore ihre Haushälterin herbeorderte, weil sie sich ›abgelenkt‹ hatte und sie nicht wollte, dass ihr Mann das sieht. Aber ein Kind ist etwas anderes. War Hannelore das

Ganze über den Kopf gewachsen? Aber von wem hätte sie es denn erfahren?

KAPITEL 18

»Wir haben Baldeweins Handydaten ausgewertet. Er bekam einen Anruf auf sein Handy um 15.05 Uhr. Anscheinend blieb der jedoch unbeantwortet. Die Nummer kennen wir schon. Haymoz hatte ihn zu erreichen versucht.«

»Nur einmal?« Ich runzelte die Stirn. »Wäre es nicht logischer, wenn sie es mehrere Male versucht hätte, wenn sie sich Sorgen machte?«

»Kurz darauf wurde das Handy abgestellt.«

»Wo ist das Handy jetzt?«

»Wir wissen es nicht. Seither blieb es ausgeschaltet.«

»Nehmen wir einmal an, sie hat versucht, ihn zu erreichen. Er geht nicht ran. Wie lange brauchte sie von der Einsiedelei bis zu Baldeweins Haus?«

»Mit dem Wagen wenige Minuten.«

»Sie hätte also theoretisch genug Zeit gehabt, dort aufzutauchen.«

»Aber wieso sollte sie ihn töten?«

»Und wenn er sie bedroht hat? Vielleicht ging er davon aus, dass er der Vater des Kindes ist und das gab ihm die Möglichkeit, Druck auf sie auszuüben. Er war ein vorsichtiger Mensch … wenn wir Ziehlis Aussage Glauben schenken.«

»Ein Mann wie Baldewein benutzt doch Kondome.«

Danielas Augenbrauen antworteten mir.

»Aber die Frage nach dem Vater des Kindes bleibt natürlich relevant.«

Daniela hatte mich in der Brugerastrasse abgeholt. Sie wollte mich dabeihaben, wenn es darum ging, Haymoz' Freund auf den Zahn zu fühlen.

»Wie auch immer, meine Kollegin hat Zehntners Aussage geprüft. Zehntner war um halb drei zurück in den Räumlichkeiten des Putzinstituts. Sie hat also Baldeweins Villa, wie sie sagte, um zwei Uhr verlassen.«

Ich war immer noch bei Haymoz. »Und wenn es umgekehrt gewesen war?«

»Wie meinst du das?«

»Wenn nicht Haymoz Schluss machen wollte, sondern Baldewein?«

»Sie hat ihn doch angerufen. Das hat Guérig bestätigt.«

»Das schon, aber vielleicht wollte sie ihm nur mitteilen, dass sie schwanger war.«

Daniela ging einen Augenblick dem Gedanken nach. »So abwegig ist das nicht. Baldewein hat Geld.«

»Was macht jemand wie Baldewein, wenn er spürt, dass man ihn erpressen möchte?«

»Es kommt zum Streit.«

»Er bedroht sie.«

»Sie schnappt sich den ersten Gegenstand, den sie findet und schlägt zu.«

»Und dann?«

»Dann ruft sie jemanden zu Hilfe. Ihren Freund?«

»Wäre doch eine Möglichkeit.«

Daniela schwieg. »Dann hat sie Baldewein zu erpressen versucht?«

Sie blickte in den Rückspiegel, bevor sie sich in den morgendlichen Verkehr einreihte. Ich kannte sie gut genug, um zu wissen, dass sie nun alle Optionen im Kopf durchging. Deshalb schwiegen wir, bis wir die Adresse in Bösingen erreicht hatten.

Ich wurde stutzig, als ich das Klingelschild sah.

»Er heißt Zehntner?«

»Ist die erste Frage, die ich ihm stellen werde«, grinste Daniela. Sie wusste also schon davon. Haymoz' Freund war ein gutaussehender Mittvierziger mit stahlblauen Augen, sehr kurzgehaltenen, braungrauen Haaren, einem markanten Kinn und Lächeln. Dieses verschwand, als er Danielas Dienstmarke sah.

»Wir haben einige Fragen an Sie.«

Er machte keine Anstalten, uns hineinzubitten.

»Sie wissen, um wen es geht?«

Er nickte. »Ich habe gestern schon Ihrer Kollegin am Telefon bestätigt, dass meine Mutter um halb drei wieder im Putzinstitut war.«

»Ich nehme an, sie blieb den ganzen Nachmittag über im Institut?«

Er schüttelte den Kopf. »Wir arbeiten schon genug. Sie ging dann nach Hause. Schließlich war sie schon seit fünf Uhr in der Früh auf den Beinen.«

»Kannten Sie Patrick Baldewein?«

»Nicht wirklich. Ich habe meine Mutter ein oder, zwei Mal zu seinem Haus hingefahren, bevor ich selbst zur Arbeit ging. Aber begegnet bin ich ihm noch nie in Person.«

Daniela nickte.

»Wir haben mit Ihrer Lebenspartnerin Michaela Haymoz gesprochen.«

»Ich weiß.«

»Gratuliere zum Nachwuchs. Sie müssen überglücklich sein.«

»Das Kind ist noch nicht da.«

»Ihre Freundin hat uns gesagt, sie wollten schon länger Eltern werden.«

Er reagierte nicht darauf. Sein Gesicht nahm aber einen bitteren Ausdruck an.

»Ihre Freude scheint sich in Grenzen zu halten.«

»Das geht Sie nichts an.«

»Wussten Sie, dass Michaela eine Affäre mit Baldewein hatte?«

Sein Gesichtsausdruck wurde hart. »Ja, das wusste ich.«

»Hat Sie das nicht wütend gemacht?«

»Er hat bekommen, was er verdient hat.«

»Das klingt aber nach einem Mordmotiv.«

»Ich habe ihn nicht getötet.«

Daniela warf mir einen kurzen Blick zu. Ich übernahm. »Haben Sie mit Michaela darüber gesprochen?«

»Worüber?«

»Über ihre Affäre mit Baldewein.«

»Nein, wir haben darüber geschwiegen.« Er schüttelte den Kopf. »Natürlich haben wir darüber gesprochen.«

»Wie war das für Sie?«

»Was wollen Sie eigentlich hören? Dass ich fuchsteufelswild wurde, Geschirr durch die Küche flog? Dass ich blind vor Wut aus dem Haus gerauscht bin und dabei die Tür zuschlug?«

»Haben Sie das?«

Er schüttelte nur den Kopf. »Michaela hat einen Fehler gemacht. Aber sie ist das Beste, was mir in meinem Leben passiert ist. Und das ist alles, was zählt.«

»Ist es das wirklich?«

»Hören Sie, was geschehen ist, ist geschehen. Ich habe da sicher auch meine Fehler gemacht. In einem Familienunternehmen wie unserem Putzinstitut macht man oft Überstunden und ist vielleicht nicht zu den Zeiten zu Hause, in denen ...« Er biss sich auf die Lippen.

»... in denen ...?«

»Während denen dich jemand braucht.« Er blickte zu Boden. »Man kann, was geschehen ist, nicht ungeschehen machen. Aber man kann es ab jetzt anders machen. Und das werde ich.«

KAPITEL 19

In der Buchhandlung wartete ein ruheloser Donnie auf uns. Er machte uns zwar noch einen Kaffee, zeigte aber schnell Zeichen der Ungeduld.

»Ich muss noch in die Uni. Ist das okay, wenn ich jetzt gehe? Die Lieferung von heute Morgen habe ich bereits verräumt. Die Bestellungen sind auch vorbereitet und die Kunden informiert.«

Die Frage überraschte mich, hatte er mir doch vorab nichts von einem Unibesuch gesagt.

»Kein Problem.«

Er stellte den Kaffee vor Daniela hin. »Gut, dann bin ich mal weg.«

In wenigen Sekunden hatte er sich seine Jacke geangelt und war aus der Tür. Ich sah ihm nachdenklich hinterher.

»Was ist, Valerie?«, fragte Daniela, die meine Betroffenheit bemerkt hatte.

»Nichts.« Ich rührte in meinem Kaffee.

»Komm schon ... ich spüre doch, dass da etwas nicht stimmt. Was ist los?«

»Nun, Donnie hat mir gestern Abend gesagt, er sei heute Abend nicht da. Aber von einem Unibesuch hat er nichts gesagt.«

»Und jetzt schmollst du, weil er sich zum Abend noch den Tag dazu nimmt?«

»Ich bin furchtbar, nicht wahr?«

»Nein, du hast die gefährlichsten Tiere der Welt im Bauch.«

»Wie Schmetterlinge fühlt sich das gerade nicht an.«

»Mein Gott, Valerie. Der wird seine Gründe haben.«

»Hast sicher recht.« Das klang aber nicht überzeugend und ich schämte mich, wie eine Vierzehnjährige zu reagieren. Und trotzdem konnte ich nicht anders, als mir des kleinen Schmerzes in meinem Herz bewusst zu werden.

»Weißt du was? Wir machen uns einen Mädelsabend. Ich hole dich hier in der Buchhandlung ab. Wir haben das schon lange nicht mehr gemacht. Das wird uns guttun.«

»Meinst du?«

»Komm jetzt. Gib dir einen Schubs, ja?«

Ich seufzte.

»Donnie hat dir in letzter Zeit viel unter die Arme gegriffen, indem er dich hier vertrat, wenn du wieder Detektiv spieltest.«

Da hatte Daniela zweifelsohne recht. Sie leerte ihre Tasse und stand auf.

»Ich hole dich bei Ladenschluss hier ab. Ich würde ja gern bleiben, aber die Pflicht ruft. Ich muss noch bei den Kollegen der Spusi vorbei. Sie haben heute Morgen Baldeweins Villa in Angriff genommen.«

»Grüß Bielmann von mir, ja?«

Daniela verdrehte ihre Augen. Die Glocke ertönte in die leere Buchhandlung. Ich blickte mich um. Jeden Morgen war ich stolz, die Türen öffnen zu können. Mich selbstständig gemacht zu haben, war die beste Entscheidung gewesen, die ich nach meinem Ehe-Aus hatte treffen können. Ich bereute heute nur, es nicht früher getan zu haben.

Ich griff nach der Fernbedienung des Internetradios und schaltete meinen Lieblingssender ein. Er sendet rund um die Uhr Hits aus den Achtzigerjahren. Die ersten Akkorde ließen mich lauter stellen. Als Agnetha Fältskog zu singen begann, ließ ich mich verzaubern:

I don't wanna talk about things we've gone through. Though it's hurting me, now it's history ...

Ich ließ mich auf Abbas Melodie ein, während ich die Tassen abwusch. Und mit diesem kurzen Moment der Achtsamkeit verschwand auch der Druck auf meiner Brust. Ich musste lernen, mir wieder zu vertrauen. Ich musste lernen, die Gegenwart nicht mit Projektionen aus meiner Vergangenheit erklären zu wollen. Das schlechte Gewissen Donnie gegenüber blieb.

Ich versorgte die Tassen, als die Türglocke ertönte.

»Guten Tag, bin gleich bei Ihnen«, sagte ich über die Schulter und hängte das Küchentuch zum Trocknen auf. Als ich mich umdrehte, stand ich Silvia Guérig gegenüber.

»Thomas hat mir erzählt, Sie hätten eine Buchhandlung. Ich liebe Buchläden. Immer wenn ich auf mein Herz höre, stehe ich plötzlich vor einer.« Sie wirkte schüchtern.

»Sehen Sie sich in aller Ruhe um. Möchten Sie einen Kaffee?«

»Ach, das gibt's auch?«

Ich nickte belustigt.

»Na, dann gern.«

Während ich ihr das Getränk zubereitete, flanierte sie zwischen den Büchertischen umher. Ab und an blieb sie stehen, wippte ein wenig im Takt der Musik. Es war berührend zu sehen, wie sie sich dem wohligen Gefühl des Angekommenseins öffnete, das Buch-handlungen oftmals für Menschen bereithielt. Von ihrem Rundgang brachte sie drei Bücher mit, die sie neben ihren Kaffee auf den Tresen legte.

»Schön haben Sie es hier. Ich bin beeindruckt. Und dann diese Musik. Allein schon dafür muss man diesen Ort kennen«, schwärmte sie.

Ich musste ab so vielen Komplimenten lächeln. »Ich bin jeden Tag dankbar, die Buchhandlung aufmachen zu dürfen.«

»Das dürfen Sie. Ein wunderbarer Ort.«

Und dann geschah etwas, das viele Menschen nur schwer aushalten. Wir schwiegen gemeinsam, bis meine Neugierde überhandnahm.

»Sie sind sicher nicht nur wegen der Buchhandlung gekommen, oder?«

Sie sah mich eingehend an. »Das ist wahr. Mir geht etwas nicht mehr aus dem Kopf. Ich bekam den Auftrag, Patricks Büro aufzuräumen. Keine leichte Aufgabe, und ich hätte mir gewünscht, jemand anders würde sich darum kümmern.

Wie dem auch sei, als ich die Papiere in Ordnung brachte, fand ich auch eine Agenda. In Ihren Augen vielleicht nichts Ungewöhnliches. Ich machte aber den Fehler, die durchzublättern. Und dann fiel mir unser Gespräch wieder ein und wie wir über den Einbruch sprachen.«

»Wieso denkst du, es könnte etwas mit dem Einbruch zu tun haben?« Ich war in ganz natürlicher Weise zum Du übergegangen.

»Ich hatte da so ein Gefühl, als ich die Agenda durchblätterte. Das Gefühl zupft immer noch irgendwo an meinen Gedanken. Und wenn das ganze Chaos im Archiv nur eine Ablenkung gewesen war?«

»Eine Ablenkung? Wofür denn?«

»Für das Büro. Jemand wollte seine Spuren verwischen, indem er das Archiv in Unordnung brachte.«

»Und was könnte jemand in Baldeweins Büro gesucht haben?«

»Die Agenda enthielt nicht nur berufliche Termine. Ganz zu schweigen von der Möglichkeit, dass der Einbrecher etwas mitgenommen hat, von dem ich beim Aufräumen gar nichts wissen kann. Da kam mir der Gedanke, dass jemand Patrick vielleicht zu erpressen versuchte.«

»Und daher wollte er das ohne polizeiliche Hilfe selbst klären.«

»Valerie, ich habe Angst, dass Patrick seinen Mörder kannte.«

KAPITEL 20

Natürlich erzählte ich Daniela von Guérigs Besuch in meiner Buchhandlung. Sie hörte aufmerksam zu, nippte ab und zu am Bier und nickte ab und zu bei meinen Ausführungen.

»Der Einbruch im Archiv war eine Inszenierung«, griff sie den Faden auf. »Wir haben immer gedacht, es könnte Kummerer gewesen sein, der eingebrochen ist. Nun scheint es so, als hätte Baldewein gewusst, mit wem er es zu tun hatte. Und wenn gar niemand eingebrochen ist?«

»Wie meinst du das«?

»Nun, wir haben Ziehlis Fingerabdrücke in Hannelores Wagen gefunden.«

»Du denkst, Ziehli hat Baldeweins Büro durchsucht?«

»Und wenn dem so wäre?«

»Dann müssten wir herausfinden, weshalb. Wollte er sich einfach versichern, dass Baldewein nichts gegen ihn in der Hand hielt? Oder suchte er nach etwas Bestimmtem?«

»Du gehst nicht einfach so ins Büro deines Kollegen. Und du bringst auch das Archiv nicht einfach mal so durcheinander.«

»Lass uns einen Schritt weitergehen. Die Kollegen haben die Tatwaffe gefunden. Sie stand im Untergeschoss der Baldewein Villa. Obschon sich jemand redliche Mühe gab, die Blutspuren zu beseitigen, konnten unsere Techniker klar sagen, dass es sich um Baldeweins Blut handelt. Es waren die Fingerabdrücke von Hannelore Baldewein drauf.«

Ich pfiff durch die Zähne. »Und das Blut an der Schaufel in der Garage?«

»Das hat sich als tierischen Ursprungs erwiesen. Die Kollegen bleiben dort dran.«

»Du meinst also, Ziehli ist der Mann an Hannelores Seite. Sie räumen Baldewein aus dem Weg. Aber warum?«

»Da kann ich nur spekulieren. Ziehli sagte, Baldewein arbeitete an einem neuen Groß-vertrag. Was passiert nun mit der Firma, wenn eines der Gründungsmitglieder plötzlich aus dem Leben scheidet?«

»Ziehli übernimmt die Firma.«

»Genau. Hannelore Baldewein behält die Aktien ihres verstorbenen Mannes.«

»Und sie besitzen dementsprechend jedes Entscheidungsrecht.«

»Darum der Gedanke, es könnte gar niemand eingebrochen sein. Ziehli profitierte von der Situation mit Kummerer, um sich selbst im Büro umzusehen. So vorsorglich, wie Baldewein war, befand sich sicher etwas dort, das er nutzen konnte, um ihn loszuwerden.«

»Eine versuchte Erpressung, die letztendlich in einem Mord endete.«

Eine Weile beobachteten wir die Gäste um uns. Zu sehen gab es viel, zu überlegen noch mehr.

»Aber warum musste Baldewein sterben, wenn er erpresst wurde?«

»Wer wusste noch von Haymoz' Schwangerschaft?«

»Ihr Mann und die Haushaltshilfe. Natürlich. Yvette Zehntner. Sie könnte es Hannelore erzählt haben.«

»Ich glaube nicht, dass in einer offenen Beziehung das Kinderzeugen inbegriffen ist.«

»Hannelore sagte, sie sei in Bern gewesen.«

»Wir haben bisher niemanden gefunden, der das bestätigen kann.«

»Was ist mit ihrem Handy?«

»Laut ihrer Aussage hatte sie es zu Hause liegen gelassen.«

Diese Frau hatte Nerven. Sie tötete ihren Mann, ließ sich von dessen Partner helfen, um die Leiche zu transportieren, behielt die Tatwaffe und machte sich nicht mal die Mühe, ein wenigstens geringfügiges Alibi zu haben. Als hätte sie sich schon aufgegeben.

»Was jetzt?«, fragte ich.

»Ich warte auf das grüne Licht meiner Vorgesetzten. Morgen früh werden wir sie auf dem Polizeiposten befragen können. Ich hoffe, wir können sie noch morgen dem Staatsanwalt vorführen. Die Beweislage sollte das eigentlich ermöglichen.«

Auch wenn ich mit dieser raschen Wendung nicht wirklich zurechtkam, hob ich mein Glas und wir stießen an. »Auf einen gelösten Fall.«

»Auf dein Wohl.«

In was für einer Welt wir doch lebten! Menschen töten für Besitz und Macht und das, was sie für Liebe halten. In dieser Form der Liebe aber geht es um Besitz und Kontrolle. Letztendlich eine andere Form der Angst.

»Glaubst du, Baldewein hatte Angst?«

Daniela sah mich eingehend an. »Wie kommst du denn darauf?«

»Er versuchte immer, alles zu kontrollieren.«

»Was ich heraushören konnte, war, dass er in der Firma kein Risiko eingehen wollte. Ziehli scheint da eher der Opportunist zu sein.«

Ich nickte bedächtig. »Kinder kann man nicht kontrollieren. Das Leben droht außer Kontrolle zu geraten. Das schürt Angst.«

»Du spielst mit der Idee, dass Haymoz von Baldewein schwanger ist?«

»Zu der Schlussfolgerung ist ja sehr wahrscheinlich auch Hannelore gekommen.«

Daniela schwieg, dann seufzte sie. »Komm, lass uns über etwas anderes reden, ja? Hast du mit Donnie gesprochen?«

Ich runzelte die Stirn. »Wieso sollte ich?«

Sie schüttelte den Kopf. »Weil da etwas zwischen euch ist. Man kann sich nicht weiterentwickeln, wenn man sich nicht seinen Ängsten stellt. Ich finde, ihr passt so gut zueinander. Es wäre doch schade ...«

»Da ist nichts zwischen uns«, log ich. »Er will mir nur nicht sagen, was er macht. Aber das ist doch in Ordnung. Jeder soll ja seine Freiräume in einer Beziehung haben.«

Sie sah mich eingehend an. »Wen lügst du jetzt mehr an, mich oder dich selbst?«

Es ärgerte mich, dass sie mich so einfach durchschauen konnte. Natürlich gönnte ich ihm Freiräume. Aber doch nicht so früh in einer Beziehung. Ich hatte Angst, ja. Angst davor, dass uns der Alltag zu schnell einholen würde, Angst davor, dass diese neue Liebe den gleichen Weg gehen würde wie meine Ehe. Und ich ärgerte mich über mich selbst, reagierte ich doch in überaus kindlicher Manier.

Kinder kann man nicht kontrollieren. Das Leben droht außer Kontrolle zu geraten.

Und das schürt Angst.

KAPITEL 21

Bärbel Zumstein schnaufte wie eine Dampflokomotive, als sie mit all den Einkaufstüten beladen die Straße hochging. Sie trug immer noch Sonnenbrille und Hut. Mittlerweile mehr aus dem Gefühl heraus, so etwas Besonderes zu sein. Ein Filmstar, der sich in diesem nichtssagenden Kaff eine wohlverdiente Auszeit von den roten Teppichen dieser Welt nahm.

Die Welt war ja eine Bühne. Ihre Bühne.

Lets plei beibi!

Vielleicht hatte sie ja gerade einen Oscar als beste Hauptdarstellerin im Filmerfolg des Jahres entgegennehmen dürfen. Bei diesem Gedanken richtete sie sich ein wenig auf. Doch die Taschen waren einfach zu schwer. Sie setzte sie einen kurzen Moment ab, begutachtete ihre Finger und verfluchte diese Plastikhenkel, die in die Hände schnitten.

Sie holte Atem und sah sich um. Von der Wärme des Tages war nichts mehr übrig geblieben. Weit und breit niemand zu sehen. Und das war auch gut so. Was würden andere denn denken, wenn sie sie so stehen sahen?

Die Nacht senkte sich bereits über die Erde wie ein dunkles Tuch. Und plötzlich ging die Straßenbeleuchtung an. Bärbel fröstelte, nahm tief Luft und hob ihre Taschen auf. Sie waren schwerer als vorher. Ganz bestimmt.

Langsam ging sie weiter, runzelte dann die Stirn, drehte sich um. Niemand. Und doch fühlte sie dieses Kribbeln im Nacken, als würde sie jemand anstarren.

Du bist halt jetzt eine Berühmtheit. Mit dem Gefühl, beobachtet zu werden, musst du leben lernen. Der Gedanke beruhigte sie nicht wirklich. Aber vielleicht lauerte einfach ein Paparazzo im Dunkeln. Das klang schon besser.

Entschlossen hob sie den Kopf, ging weiter.

Wieso war ausgerechnet jetzt niemand zu sehen? Sie schüttelte das Gefühl ab und sah schon bald den Häuserblock, den sie so lieb-gewonnen hatte. Ernst würde auf sie warten. Und ein gutes Glas Rotwein. Und ihre Promi-Sendung. Und ihre Couch.

Die Aussicht gab ihr neuen Elan.

Dann hörte sie Schritte hinter sich.

Sie drehte sich um. Aber da war niemand.

Du bist müde. Deine Sinne spielen dir Streiche.

Doch sicher fühlte sie sich nicht mehr. Sie beschleunigte ihre Schritte und dann passierte es. Der Griff einer Tüte gab nach und der Inhalt leerte sich auf den Asphalt. Fluchend stellte sie die restlichen Tüten auf den Boden, nahm die Sonnenbrille ab und begann, die Waren wieder einzusammeln.

Sie bemerkte die Gestalt erst, als sie die Bewegung über sich wahrnahm.

»Was zum ...?«, entfuhr es Bärbel.

Die Frau mochte zwischen fünfzig und sechzig Jahren alt sein. Entsetzt starrte Bärbel auf die weißen Ansätze in ihren sonst braunen Haaren.

Die Frau lächelte. Trotzdem beruhigte sich Bärbels Herzschlag nicht. Irgendetwas ...

Die Frau ging wortlos in die Hocke und begann ihr zu helfen.

»Wir müssen reden«, sagte sie wie beiläufig.

»Kennen wir uns?«

Die Frau streckte Bärbel Nachtcreme, Hyaluron-Serum und Selbstbräuner entgegen. Verdattert nahm Bärbel die Produkte an sich. So recht traute sie der Geschichte nicht.

»Ich glaube nicht«, antwortete sie wahrheits-gemäß.

»Warum folgen Sie mir?«

Die Fremde hob Bananen und Avocado auf.

»Ich glaube, wir sind uns noch nie begegnet, oder?«

Bärbel runzelte die Stirn, legte den Kopf schief und runzelte nochmals die Stirn. Aber sie hatte die Frau noch nie gesehen.

»Ich glaube nicht.«

»Die ganze Welt ist ein Dorf und doch kann man sein ganzes Leben damit verbringen, jemandem nicht zu begegnen, nicht wahr?«

Bärbels Herz begann sich zu beruhigen und langsam kamen die Gedanken wieder zurück. Mittlerweile hatten sie alle Einkäufe aufgehoben und in den restlichen Tüten verstaut.

»Soll ich Ihnen vielleicht beim Tragen helfen?«

»Nein, nein. Geht schon.«

»Aber gern.«

»Über was wollten Sie denn reden?«

»Ach nichts ... hat sich erledigt.« Die Frau lächelte matt. »Nichts für ungut.«

Sie sah aus, als wollte sie noch etwas hinzu-fügen. Bärbel wartete. Als nichts kam, hob sie vorsichtig die Tüten auf. »Na dann ...«

»Schönen Abend.«

»Schönen Abend und danke für die Hilfe.«

Die Frau nickte und wandte sich in die entgegengesetzte Richtung. Bärbel sah ihr nach. Irgendwie war ihr die Begegnung unter die Haut gegangen. Ein Gefühl, als wäre sie um Haaresbreite an etwas Gefährlichem vorbeigerauscht, ohne zu wissen, was es war.

Sie hatte die Frau noch nie gesehen. Bärbel seufzte und machte sich auf den Heimweg. Die Tüten waren immer noch sauschwer. Aber eine Frau brauchte eben, was sie brauchte.

Auch wenn es Schweinereien waren. Die schmeckten halt einfach am besten.

Minuten später schloss sie die Haustür hinter sich ab, während Ernst bereits schnüffelnd die Tüten erkundete.

KAPITEL 22

Danielas Plan, sich noch einmal Ziehli vorzuknöpfen, konnte sie an diesem Freitagmorgen nicht sofort umsetzen. Sie rief mich kurz vor acht Uhr aus dem Auto an.

»Kleine Planänderung, Valerie. Die Kollegen wollten Hannelore Baldewein verhaften.«

»Dann hast du das grüne Licht erhalten? Halt mal, sagtest du ›wollten‹?«

»Sie haben es bei ihr zu Hause versucht.«

»Sag nur, sie ist verduftet.«

»Das wäre mir lieber gewesen. Hannelore Baldewein ist tot.«

»Tot?« Ich verstand die Welt nicht mehr.

»War auch mein erster Gedanke.«

»Wie ist sie denn gestorben?« Im selben Augenblick durchfuhr mich ein Blitz der Erkenntnis, gefolgt vom Donnergrollen sich ankündigender neuer Fragen.

»Sag nicht, sie wurde auf dieselbe Weise erschlagen wie Patrick Baldewein.«

»Ich fürchte doch. Sie fanden sie im Untergeschoss, erschlagen. Diesmal hat sich niemand die Mühe gemacht, sauber zu machen.«

»Aber wenn nicht Hannelore ...?«

»Wir müssen herausfinden, wer ihr geholfen hat.«

»Ziehli war doch bis achtzehn Uhr im Büro.«

»Er könnte auch nachher noch hingefahren sein. Deine Mutter sagte aus, es wäre etwa halb acht Uhr gewesen, als ein Wagen bei den Baldeweins vorfuhr. Vielleicht haben sie den Toten erst bei Nacht zur Einsiedelei gebracht. Ach ja, und eh ich's vergesse. Wir haben den Teppich gefunden. Er war bei den Möbeln, die entsorgt worden sind. Einer der Mitarbeiter der Firma kennt sich ein wenig damit aus und hat sich gefragt, wieso jemand einen so wertvollen Teppich entsorgt, anstatt ihn zu verkaufen. Er hatte den Reflex, das gerollte Teil zur Seite zu legen. Nun kümmern sich unsere Kollegen von der Spurensicherung darum. Aber ich bin mir sicher, dass wir auch dort Blutspuren nachweisen können. Ich melde mich, sobald ich mehr weiß.«

Eine Weile starte ich gedankenverloren auf das Telefon. Der Schock saß tief. Unsere Hauptverdächtige war tot. Ein Mörder war immer noch da draußen. Und wir standen wieder am Anfang.

Was, wenn Hannelore Baldewein ihren Mann nicht umgebracht hatte? Was, wenn sich jemand an ihr für den Mord an Patrick Baldewein gerächt hat? Im Prinzip wurde durch Hannelores Tod alles wieder möglich.

Und doch nicht.

Ich atmete tief durch und versuchte mich mit den alltäglichen Arbeiten eines Buchladens abzulenken. Doch so recht wollte mir das nicht gelingen. Erst als Donnie hereinkam, lichtete sich die Konfusion in meinem Kopf.

»Hallöchen«, trällerte er bester Laune, blieb aber dann abrupt stehen, als er mich da stehen sah. »Was ist denn mit dir los?«

»Was soll denn sein?«

»Hat da jemand schlechte Laune?«

»Hannelore Baldewein ist tot.«

Das verschlug ihm erst einmal die Sprache.

»Wie ist es passiert?«, fragte er. Ich erzählte ihm das Wenige, das ich wusste. »Aber ich möchte nicht darüber sprechen. Wie war dein Abend gestern?«

»Ganz gut.«

»Das ist alles? Wenn du das so erzählst, habe ich richtig das Gefühl, dabei gewesen zu sein.«

»Es wurde später als gedacht. Deshalb wollte ich dich nicht wecken und habe bei mir geschlafen.«

»Wie rücksichtsvoll von dir!«

»Höre ich da mehr Spott oder Sarkasmus?«

»Darfst es dir aussuchen.«

»Was ist los, Valerie?«

»Nichts.«

Er nickte. »Na gut. Dann machen wir doch ›Nichts‹ mit Kaffee.«

Ich war frustriert. Irgendwie bewunderte ich diese Leichtigkeit, mit der er durchs Leben ging. Mein Unmut perlte an ihm ab wie Wasser auf einer Fensterscheibe. Und mehr war es ja auch nicht. Ein Tropfen auf einer Fensterscheibe. Wieso musste ich mich immer in solchen Gefühlen verlieren?

Der Geruch von frischem Kaffee versöhnte mich wieder ein wenig mit den Umständen.

»Ehrlich jetzt ... was hast du gestern Abend gemacht?«

»Zuerst half ich bei der Entstehung einer Arbeit über das Leben in Fribourg im achtzehnten Jahrhundert und dann zogen wir um die Häuser.« Donnie sah mich dabei nicht an. Und da war es wieder, dieses mulmige Gefühl im Bauch. Ich sagte aber nichts.

»Und was macht ihr jetzt?«, wollte er wissen.

Ich erzählte ihm von den letzten Einsichten im Fall Baldewein. Es laut auszusprechen half, den Dingen wieder ihren Platz zu geben. Das gefühlte Chaos ordnete sich mit jeder erzählten Einzelheit. Donnie ist ein guter Zuhörer. Je mehr ich erzählte, desto ruhiger wurde es in mir.

Bis die Tür zur Buchhandlung heftig aufgestoßen wurde und Bärbel hereinstürmte.

»Ich muss euch Turteltäubchen was erzählen!«

»Einen wunderschönen guten Morgen«, säuselte Donnie.

Was war denn mit denen los?

Bärbel zwinkerte ihm zu. Ich runzelte die Stirn. Und dann erzählte sie uns in einem Atemzug, was ihr am Abend zuvor passiert war. Wüsste ich nicht um ihre Kurzatmigkeit, hätte sie mich verblüfft. So lange Sätze, ohne Atem zu schöpfen! Rekordverdächtig.

»Und ihr so?« Sie sah mich an. »Du siehst aus, als hättest du einen Toten gesehen.«

»Nicht einen Toten, eine Tote«, berichtigte Donnie.

»Hannelore Baldewein ist tot«, sagte ich.

»Ach herrje! Der sit wi biutiful in de schitt.«

KAPITEL 23

Daniela hörte mir auf dem Weg zur ›Baldewein & Ziehli GmbH‹ geduldig zu, ging aber nicht auf meine Ausführungen um Donnie ein. Irgendwann ging mir dann auch der Stoff aus.

»Ist das wahr?«, fragte sie nur.

Ich verstand nicht.

»Wie kannst du wissen, dass das wahr ist, was du mir erzählst?«

Ich war perplex. Hielt denn niemand zu mir? Begriff denn niemand, was ich durchmachte?

»Wenn du genug in deiner Opferrolle gebadet hast, könnten wir vielleicht wieder auf den Fall zu sprechen kommen?«

Das war hart. Ich schluckte leer.

Und unfair. Opferrolle? Ich hatte doch nichts getan!

Ich atmete geräuschvoll aus. »Gibt es Neues?«

Sie sah mich kurz an, dann nickte sie. »Der Tatort in Baldeweins Untergeschoss ergibt keinen Sinn.«

»Wieso meinst du?«

»Also. Der Mörder von Hannelore klopft an die Tür.«

»Sie muss ihn gekannt haben.«

»Davon gehe ich aus, ja. Also, aus irgendeinem Grund gehen sie die Treppe hinunter ins Untergeschoss. Nehmen wir weiter an, es kam zum Streit. Im Affekt greift der Mörder nach dem erstbesten Gegenstand und schlägt zu. Hannelore geht zu Boden. Der Mörder wirft den Gegenstand achtlos neben sie und verlässt das Haus.«

»Vielleicht war er geschockt? Menschen tun unerklärliche Dinge, wenn sie geschockt sind.«

»Valerie, ich hab dich ja lieb. Aber in diesem Fall steckt etwas mehr dahinter, glaub mir.«

Ich ordnete kurz meine Gedankenimpulse. »Es hat den Anschein, als hatte er nichts mehr zu verlieren. Über kurz oder lang werden wir ja sowieso wissen, wer Hannelore getötet hat. Also wozu sich noch die Mühe machen, den Ort zu reinigen.«

Daniela schwieg und so fuhr ich nach einer kurzen Pause fort: »Er will, dass wir ihn finden.

Er will das beenden. Lagen wir falsch und es war nicht Hannelore, die Patrick umgebracht hat?«

»Wer kommt dir in den Sinn, wenn ich ›Eifersucht‹ sage?«

Da musste ich nicht lange überlegen. »Christian Zehntner. Er muss unheimlich verletzt gewesen sein, als Haymoz ihm ihren Seitensprung gestand. Für Zehntner war es sicherlich einfach herauszufinden, wer mit seiner Frau geschlafen hatte, denkst du nicht? Aber warum sollte er dann auch Hannelore töten wollen?«

»Ich weiß es nicht. Vielleicht war sie die Einzige, über die wir ihn hätten aufspüren können. Er muss damit gerechnet haben, dass wir sie verhaften würden.«

»Seine Welt ist zusammengebrochen. Er hatte Zugang zur Villa über seine Mutter. Er arbeitet in einem Putzinstitut. Hat er ein Alibi für die Tatzeiten?«

»Langsam, langsam. Eins nach dem anderen. Erst einmal Ziehli.«

Daniela zeigte dem Sicherheitsmann ihren Ausweis. Die Schranke öffnete sich. Vor dem Hauptgebäude standen Ziehli und Guérig.

Beide rauchten. Ihre Unterhaltung verstummte, als wir auf sie zugingen.

»Sie kommen überraschend«, sagte Ziehli.

»Wirklich?«

Guérig wich meinem Blick aus.

»Gibt's Neues?«

»Ganz vieles«, bestätigte Daniela.

Er blickte sie irritiert an, dann drückte er den Zigarettenstummel am Aschenbecher an der Wand aus.

»Ich lass euch dann mal.« Guérig lächelte matt und spickte den Zigarettenstummel auf den Parkplatz. Sie berührte Ziehlis Ellbogen flüchtig, als sie uns allein ließ. Ich sah ihr nachdenklich nach. Sie blickte sich nicht mehr um.

»Kommen Sie doch rein, ja?«

Ein weiteres Mal folgten wir Ziehli durch den Empfangsbereich und die Treppe hoch in sein Büro.

Er schloss die Tür hinter uns.

»Was kann ich für Sie tun?«

»Wir haben Ihre Fingerabdrücke in Hannelores Wagen gefunden«, begann Daniela, während wir uns setzten.

»Das kann ich erklären.«

»Ich höre?«

»Wir ... sagen wir mal ...« Er hielt inne, presste kurz die Lippen aufeinander. Dann holte er tief Luft. »Wir haben uns getroffen. Mehrmals.«

Daniela zuckte nicht mit der Wimper. »Warum haben Sie uns nicht schon vorher davon erzählt?«

»Weil es nichts mit Patricks Tod zu tun hat.«

»Aber Sie waren am Dienstagabend nach der Arbeit bei den Baldeweins, oder nicht?«

Er sah vor sich auf den Tisch.

»Und das wäre doch für uns eine wichtige Information gewesen, meinen Sie etwa nicht?«

»Ich gebe zu, es war ein Fehler, nicht darüber zu sprechen. Aber Sie können Hannelore fragen. Sie wird das bestätigen.«

»Das können wir nicht mehr.«

Er sah überrascht auf. »Was soll das heißen?«

»Hannelore Baldewein wurde heute Morgen tot in ihrem Haus gefunden.«

Ich konnte sehen, wie es hinter seiner Stirn zu arbeiten begann.

»Wo waren Sie gestern Abend und heute Nacht?«

»Wollen Sie etwa andeuten, ich hätte sie getötet?«

»Ist das so abwegig?«

»Wieso sollte ich?«

»Wollen wir wirklich diesen Weg einschlagen?«

Sein Gesicht nahm einen harten Ausdruck an.

Daniela seufzte. »Gut. Was passiert mit Patrick Baldeweins Vermögen nach seinem Tod?«

»Nun ich denke, Hannelore erbt seine Aktien, das Haus, alles.«

»Was passiert mit seinem Vermögen, wenn Hannelore stirbt?«

Ziehli sah Daniela verdutzt an. Dann hatte auch er begriffen.

»Was passiert denn damit?«, stellte Daniela ein zweites Mal die Frage.

»Ich habe ein Recht seine Anteile der Firma zu kaufen, bevor jemand anderes es kann. Das steht in unseren Statuten«, sagte Ziehli leise.

»Ich habe schon Menschen für weniger morden sehen als das.« Daniela legte den Kopf schief.

»Ich hab Patrick nicht umgebracht.«

»Sie haben doch Ihre Chance in der Situation erkannt, oder nicht?«

Ziehli schwieg. »Ich war zu Hause.«

»Kann das jemand bezeugen?«

Er schüttelte den Kopf. »Ich war allein.«

KAPITEL 24

Christian Zehntner konnten die Beamten weder an seiner Heimadresse noch an seinem Arbeitsplatz antreffen. Daniela hakte bei seiner Mutter nach und auch bei Haymoz. Niemand wusste, wo er sich aufhielt. Um vierzehn Uhr wurde ein Haftbefehl gegen ihn herausgegeben.

»Hast du gewusst, dass Steilufer an Flüssen wie der Saane gleichzeitig Hindernis und Zufluchtsorte waren?«

Ich saß Daniela in ihrem Büro gegenüber. Es war mittlerweile fast vier Uhr und wir hatten uns auf dem Weg ins Kommissariat Sandwichs organisiert. Ohne schlechtes Gewissen verdonnerte ich Donnie telefonisch dazu, in der Buchhandlung zu bleiben. Auch ich habe manchmal ein kleines Teufelchen auf der Schulter. Aber so wie ich ihn kannte, würde er es nicht wirklich als Strafe ansehen. Er hatte diese

Fähigkeit, in jeder Situation das Positive zu sehen. Und ich beneidete ihn dafür.

Daniela schüttelte den Kopf und kaute weiter.

»Hat etwas Romantisches, sich dort zu treffen, findest du nicht? Donnie hat darüber nachgelesen. Es war schon immer ein Ort der Begegnung gewesen. Bereits im 15. Jahrhundert wurden im Weiler Einsiedler erwähnt. Und es gab bereits ein Mordopfer. 1906 fand man den Eremiten Joseph Neuhaus tot in der steinernen Küche. Er war erschlagen worden.«

»Das ist schön und gut, aber wie kann uns das bei unserem Fall helfen?«

»Ich dachte an die Beziehung zwischen Baldewein und Haymoz und fragte mich, was sie zueinanderführte. Sie hat einen Mann, der viel arbeitet, er eine Frau, die ihr Leben unabhängig von ihm organisiert.«

»Hindernisse und Zufluchtsorte, was?«

»Passt doch gut. Ihre Sehnsucht nach einem Kind. Seine Sehnsucht nach dem akzeptiert werden. Und nicht nur für sein Geld.«

»Und dann will sie nicht mehr.«

»Für ihn ist eine Welt zusammengebrochen. Ich frage mich aber, ob da nicht noch mehr dahintersteckt.«

Daniela gönnte sich einen Schluck Cola.

»Wer Erfolg hat, baut diesen immer auf dem Verlust von jemand anderem, hatte Hannelore gesagt, als sie von ihrem Mann sprach. Mich erstaunt, dass ein Mann wie Patrick Baldewein sich nicht in irgendeiner Form absicherte. Er hatte viel zu verlieren. Stell dir vor, das Kind ist von ihm und nicht von Zehntner.«

Daniela hörte auf zu kauen.

»Wie kann sich Baldewein absichern, nicht von Haymoz benutzt zu werden?«, fragte ich.

»Er könnte Beweismaterial gegen sie sammeln um ihre Beziehung zu zerstören, falls es dazu kommen sollte«, ließ sich Daniela auf mein Gedankenexperiment ein.

»Welche Art von Beweisen?«

»Das einfachste wären Fotos.«

»Und wo würdest du die aufbewahren?«

»Ganz bestimmt nicht zu Hause. Dort könnte sie jemand finden.«

»Aber vielleicht im Büro?«

Daniela nickte. »Da könntest du recht haben.«

»Ich stelle mir auch die Frage nach dem Ort. Wir suchen jemanden, der mit allen in Kontakt ist – mit Patrick und Hannelore, mit Christian Zehntner und Haymoz, mit Ziehli – und der freien Zugang zur Villa ...«

Wir sahen uns erstaunt an. Wie hatten wir das nur so lange übersehen? Das war doch so offensichtlich! Dann ging alles sehr schnell. In nur wenigen Minuten legten wir uns einen Plan zurecht.

Wir entschlossen uns, alle Beteiligten herzubringen. Die einen unter dem Vorwand, bei der Suche nach Christian Zehntner zu helfen. Die anderen, um uns zu helfen, Hannelores Mörder zu finden.

Als Erste erreichten Ziehli und Guérig den Konferenzraum. Sie wirkten beide entspannt und akzeptierten sogar einen Kaffee. Dann erschien Kummerer. Die Blicke gingen von Erstaunen bis Abneigung. Eine gewisse Nervosität machte sich breit. Als sich dann Yvette Zehntner hinzugesellte, wurde die Stimmung angespannt.

Schließlich betrat Daniela mit Michaela Haymoz den Raum. Alle Blicke waren auf die beiden gerichtet, als sie am Tisch Platz nahmen, nicht zuletzt, weil allen klar war, dass Haymoz geweint haben musste. Ihre Augen waren rot und geschwollen.

»Ich danke Ihnen, dass sie so schnell hierher gefunden haben«, begann Daniela.

»Was machen wir eigentlich hier?«, fragte Kummerer. Ihm war der Unmut anzusehen. »Ich habe nichts mehr mit diesen Menschen zu tun!«

»Einen Augenblick, Herr Kummerer.«

»Uns hat man gesagt, es gehe um Patricks Mörder.«

»Dem ist auch so, Herr Ziehli. Und um den von Hannelore. Vielleicht wissen Sie ja bereits, dass Herr Christian Zehntner derzeit polizeilich gesucht wird.«

Zehntner sah Haymoz an, die auf den Boden starrte.

»Ist er der Mörder?« Kummerer warf die Frage in den Raum.

»Nun dazu kommen wir auch noch. Aber mal der Reihe nach. Valerie?«

Ich stand auf, sodass ich alle im Blick hatte.

Oder sie mich.

»Es hat alles begonnen, als Sie wissen wollten, warum Patrick Baldewein Sie rausgeworfen hat, nicht wahr?«

Ich drehte mich zu Kummerer um, der erst erstaunt tat, sich dann aber anders entschied und die Hände verwarf.

»Was hätte ich denn anderes tun sollen? Aber ich habe ihn nicht getötet.«

»Sie waren es, der ins Archiv eingedrungen ist, weil Sie Gewissheit haben wollten. Es stand einfach zu viel auf dem Spiel. Ohne Arbeit kein Geld und ohne Geld keine Medikamente für Ihre Mutter. Als Sie im Archiv nicht fündig wurden, kam Ihnen die Idee, in Baldeweins Büro nachzusehen. Schließlich war er es, der Ihnen die Kündigung ausgesprochen hatte. Aber Sie fanden dort etwas ganz anderes, etwas Unverhofftes. Die Fotos, die Baldewein hatte machen lassen, um etwas gegen Sie, Frau Haymoz, in den Händen zu halten.«

KAPITEL 25

Das war ein Schuss ins Blaue. Haymoz sah mich mit entgeisterten Augen an, Ziehli senkte den Blick.

»Das Schicksal meinte es plötzlich gut mit mir.« Kummerer sah dabei zu Ziehli hinüber.

»Nur dass Sie, als Sie ihn sprechen wollten, nicht mehr auf das Areal durften. Sie hatten also keine Möglichkeit mehr, ihm ihre Forderungen zu stellen. So beschlossen Sie, sich mit Ihrem Anliegen an Hannelore zu wenden. Und da kommen Sie ins Spiel, Frau Zehntner.«

Ich bewunderte ihre Ruhe in einer solchen Situation. Sie zuckte nicht mit der Wimper, als ihr Name fiel.

»Zu dem Zeitpunkt, als Herr Kummerer an der Villatür anklopfte, war nämlich Frau Baldewein nicht zugegen, oder täusche ich mich?«

»Sie war außer Haus, ja«, bestätigte die Haushälterin.

»Sie haben aber den Umschlag an sich genommen?«

Sie sah sich kurz um, hob dann die Schultern. »Ja.«

»Aber Frau Baldewein hat den nie erhalten, oder?«

Kummerer lehnte sich nach vorn und funkelte die Hausangestellte über den Tisch an, sagte aber nichts. Er zitterte plötzlich am ganzen Körper. War das Wut? Ich suchte Danielas Blick. Sie hatte die Situation erkannt.

»Ich kann mich nicht mehr erinnern.«

»Wir lassen das mal so stehen.« Ich wandte mich wieder Kummerer zu. »Sie meldete sich nicht innerhalb der von Ihnen festgelegten Frist, oder?«

Kummerer schüttelte den Kopf. Seine Augen waren nur noch schmale Schlitze.

»Deshalb änderten Sie Ihre Taktik. Schließlich waren auf den Bildern ja zwei Personen zu sehen und Sie hatten sich aus gutem Grund Doppel anfertigen lassen.«

Kummerer sah zu Haymoz hinüber. Tränen rannen ihr über die Wangen.

»Wo sind die Fotos jetzt?«, wollte ich von ihr wissen.

»Ich habe sie verschwinden lassen.« Sie sagte es leise, als wollte sie nicht, dass es alle verstanden.

»Was hat das in Ihnen denn ausgelöst? Unverständnis? Wut? Ein Gefühl, verraten worden zu sein?«

»Ich hasste ihn dafür!« Ihre Augen funkelten mich an.

Ich wartete auf eine zweite Reaktion, die nicht kam.

»Kommen wir zum Dienstag. Frau Haymoz rief Baldewein im Büro an, um mit ihm Schluss zu machen. Wir kennen ja nun die Gründe dafür. Die Schwangerschaft und dann die Sache mit den Fotos. Ihr Vertrauen war zerbrochen. Aber Patrick Baldewein wollte das nicht einfach so akzeptieren. Und so warteten Sie bei der Einsiedelei auf ihn. Baldewein ging aber nicht direkt zum Rendezvous. Er machte einen Umweg, um sich zu Hause frisch zu machen. Und Sie waren dort, Frau Zehntner, nicht wahr?«

»Ich ging um zwei Uhr zurück ins Putzinstitut.«

»Und gleich nachher nach Hause?« Ich sah sie fragend an. Sie wurde nervös und blickte in die Runde.

»Ich ging noch einmal zurück«, gab sie zu.

»Wieso?«

»Ich hatte mein Handy dort vergessen.«

»Sie waren da, als er kam.«

»Ich habe ihn gesehen. Er kam rein und ich ging raus.«

»Sie wissen, dass das nicht stimmt.«

Zehntner schwieg.

»Was ging in Ihnen vor, als Sie die Rufnummer auf Baldeweins Handy erkannten, während er sich im Badezimmer frisch machte?«

Haymoz sah Zehntner nun an. Ihre Stirn in Falten, ihre Augen flehend.

»Was muss das in Ihnen ausgelöst haben, Frau Haymoz' Nummer zu sehen?«

Zehntner sah zu Boden. Ihr Gesichtsausdruck hatte etwas Trotziges.

»Du hast doch nicht ...?«, entfuhr es Haymoz.

»Was war das für ein Gefühl, Frau Zehntner?«, hakte ich nach.

Sie schwieg beharrlich.

»Es ging nicht um Frau Haymoz, nicht wahr?«

Zehntner sah nicht auf.

»Es ging um Ihren Sohn. Sie wollten ihn beschützen. Sie waren genug lang im Dienst der Baldeweins um zu wissen, wie sie mit Menschen umgingen. Welche Freiheiten sie sich in Beziehungen erlaubten. Sie wussten um das Leid, das sie anderen zufügten. Aber diesmal war es anders. Diesmal betraf es Sie persönlich, nicht wahr?«

»Yvette ...?« Haymoz' Frage war ein einziger Hilferuf.

Zehntner sah zuerst mich an, dann Haymoz. Emotionslos, ausdruckslos. Eine Festung der Bitterkeit. »Diesmal hat er sich die Falsche ausgesucht.«

»Sag mir, dass das nicht wahr ist ... bitte!« Haymoz war die Verzweiflung in Person.

»Er hat dich nicht verdient. Er hatte kein Recht, mit eurer Beziehung zu spielen.«

Haymoz sah sie mit aufgerissenen Augen an. »Aber warum?«

KAPITEL 26

»Frau Yvette Zehntner, ich verhafte Sie wegen Mordes an Herrn Patrick Baldewein.« Daniela stand auf und gab einem der Polizisten ein Zeichen. Ich hob die Hand. Der Beamte hielt inne.

»Einen kurzen Moment noch. Die Frage stellte ich mir auch. Warum, Frau Zehntner?«

Eine bedrückende Stille legte sich über den Raum. Zehntner ging durch alle möglichen Emotionen.

»Sie haben recht«, platzte es schließlich aus ihr heraus, »Das Kind, das Michaela in sich trägt, kann nicht von Christian sein.«

»Erklären Sie uns doch, warum.«

»Mein Sohn kann nicht der Vater des Kindes sein.«

»Wieso nicht?« Haymoz verstand die Welt nicht mehr.

»Ach, du armes Kind. Hat er dir das nie gesagt?«

»Was soll er mir nicht gesagt haben?« Panik schlich sich in ihre Stimme.

Plötzlich lag in Zehntners Blick etwas Fürsorgliches. Ein Hauch von Zärtlichkeit und Verständnis. Als wollte sie Haymoz schützen.

»Wieso konnte Christin Zehntner nicht der Vater sein?«, hakte ich nach.

Sie nahm tief Luft, ehe sie antwortete. »Mein Sohn ist ... zeugungsunfähig.«

Ich ließ der Enthüllung einen Raum der Stille.

»Ihr seid doch alle krank!«, knurrte Kummerer.

»Wie haben Sie das herausgefunden?« Sie sah mich nun direkt an.

»Ich habe es geahnt. Ich spürte Schuldgefühle bei Ihnen. Bis mir klar wurde, dass es dabei nicht um Sie, sondern um Ihren Sohn ging.«

Sie blickte zu Boden.

»Wie haben Sie Baldewein dazu gebracht, ins Untergeschoss zu gehen?«

»Ich sagte ihm, eine Michaela warte unten auf ihn.«

»Er hat keinen Verdacht geschöpft, da Sie den Namen benutzt haben, den Sie eigentlich gar nicht kennen konnten.«

Täuschte ich mich, oder umspielte für einen kurzen Moment ein Lächeln ihre Augen?

»Sie zeigten ihm die Fotos, weil Sie dachten, die seien von Herr Kummerer hier. Natürlich konnten Sie nicht erahnen, dass Baldewein die selbst hatte machen lassen. Er lachte Sie aus. Es kam zum Streit. Sie erschlugen ihn, wickelten ihn in den Teppich ein und riefen jemanden an, der auch sofort kam.«

Ich drehte mich langsam um die eigene Achse, sehr wohl bewusst, dass alle Augen auf mir ruhten. »Leider weilt diese Person nicht mehr unter uns. Wie hat Hannelore Baldewein auf Ihren Anruf reagiert?«

Yvette Zehntner blickte nicht auf. »Ich informierte sie schon länger über das Leben ihres Mannes. Was ich in meiner Tätigkeit eben mitbekam. Sie war eine einsame Seele. Hannelore hatte Patrick schon lange verloren. Als ich ihr die Sache mit der Schwangerschaft erzählte, war sie binnen weniger Minuten da.«

»Sie nahmen dafür beide Wagen und kamen in Hannelores wieder zurück. Danach reinigten Sie den Teppich und legten ihn zu den Möbelstücken, die abgeholt werden sollten. Auf eine Frage besaßen Sie aber keine Antwort: Würde Hannelore zu Ihnen stehen, käme es hart auf hart? Sie entschieden, auf Nummer sicher zu gehen, und legten die Indizien so aus, dass nur Hannelore ihren Mann getötet haben konnte, nicht wahr?«

Zehntner erwiderte nichts.

»Zu diesem Zeitpunkt hatten Sie aber bereits ein weiteres Problem.«

»Der Teppich«, sagte Zehntner leise und blickte zu Boden.

»Hannelore Baldewein wollte den Teppich ursprünglich behalten, nicht wahr?«, fuhr ich fort. »Sie haben ihn entsorgt, ohne sich mit ihr darüber auszutauschen. Diese Information hätte die ganze Situation sehr schnell zu Ihren Ungunsten wenden können.«

»Sie rief mich ins Untergeschoss und brüllte mich an, wo der Teppich sei. Ich wusste, dass der wertvoll war, nicht aber, dass er ihr so am Herzen lag.«

»Von da an war Ihnen vollends bewusst, dass sie nicht auf Hannelore Baldewein zählen konnten.«

Sie sah mich unverwandt an. Ein Schauer lief mir über den Rücken.

»Und dann war da noch die Bücherlieferung am Dienstag. Sie hatten nicht mit meiner Mutter gerechnet.«

»Sie hätte mich beinahe gesehen.«

»Dementsprechend mussten Sie sicher gehen und ihre Deckung verlassen. So kam es zu dieser kuriosen zweiten Begegnung mit meiner Mutter. Das waren Sie, nicht wahr?«

Sie sagte nichts.

»Ich habe Hannelore nicht getötet!«

»Da bin ich mir sicher!«

KAPITEL 27

Alle Augen waren plötzlich auf mich gerichtet.

»Das glaube ich Ihnen«, sagte ich ein wenig sanfter. »Und ich glaube auch nicht, dass es Ihr Sohn war.« Ich setzte mich und sah Daniela an. Sie nickte und übernahm.

»Wir fragten uns, weshalb man Hannelore hätte umbringen können. Natürlich war Rache eine Möglichkeit. Und Christian Zehntner ein idealer Verdächtiger dafür. Aber etwas am Tatort stimmte nicht. Es war zu offensichtlich, wie nicht fertig. Als wollte jemand ein Zeichen setzen. Etwas für sich beanspruchen. Etwas zu Ende bringen.«

Sie schwieg und sah sich jeden einzelnen am Tisch an, bevor sie fortfuhr.

»Wem diente Hannelore Baldeweins Tod?« Sie drehte sich zu Ziehli um, der entgeistert in die Runde sah.

»Ich hab sie nicht getötet.«

»Aber Sie profitieren am meisten von ihrem Tod. Sie können die Firmenanteile aufkaufen, was Sie sicherlich auch tun werden, nicht wahr?«

»Ich würde nie für so etwas morden.«

»Sie vielleicht nicht.«

Ziehli überlegte und dann sah er Guérig an, die neben ihm saß.

»Das kann doch nicht sein!«

Diese richtete sich auf. »Es ist sowieso vorbei, Thomas.«

»Aber wieso?«

»Du hast schon genug durchgemacht.«

»Ich? Sag mal, spinnst du?«

»Sag mir das nicht. All die Jahre, die ich für dich da bin. Jedes Mal, wenn es dir nicht so gut ging, bei jedem Beziehungs-Aus war ich da, um die Scherben wegzuwischen. Und jedes Mal habe ich gehofft, dass du mich siehst. Ich liebe dich, Thomas. Es sollte endlich dein Moment sein. Deine Firma. Unsere Zukunft.«

»Wie haben Sie es angestellt, dass Hannelore Ihnen den Keller zeigt?«, fragte Daniela.

Guérig lachte auf. »Nachdem ich Patricks Büro aufgeräumt hatte, brachte ich seine privaten Sachen bei ihr vorbei. Sie hat sie nicht einmal angesehen. Ich durfte zuschauen, wie sie sie direkt in den Abfalleimer warf. So behandelt man keinen Menschen.«

»Sie haben meine Frage nicht beantwortet.«

Guérig seufzte. »Sie hatte getrunken. Ich fragte sie, ob ich den Ort sehen dürfte, an dem Patrick ums Leben kam. Und sie führte mich hin.«

Ein Klopfen an der Tür unterbrach ihre Ausführungen. Daniela öffnete die Tür, sprach einige Worte und machte die Tür dann ganz auf. Im Türrahmen stand Christian Zehntner. In den letzten vierundzwanzig Stunden war er zehn Jahre gealtert.

»Christian!« Haymoz sprang auf und ging auf ihn zu.

»Es tut mir leid«, wimmerte Zehntner. »Es tut mir so leid.«

»Schhht!« Sie nahm ihn liebevoll in den Arm. »Ich liebe dich.«

Bei den Worten kamen ihm die Tränen. Er schluchzte und vergrub sein Gesicht in ihrer Schulter. Kummerer verzog verächtlich das Gesicht. Ziehli blickte weg. Yvette Zehntner lächelte.

Daniela nickte dem Uniformierten diskret zu und der schloss die Tür. Sie berührte Haymoz' Schulter und deutete mit dem Kopf auf die freien Stühle. Die beiden setzten sich eng nebeneinander.

»Und im Untergeschoss kam es zum zweiten Eklat, oder täusche ich mich?«

»Sie zog über alles her, was Patrick je gemacht hat. Und Thomas sei derselbe. Er profitiere von allem, wie er von ihr profitiert habe.«

»Sie wussten nicht, dass Herr Ziehli eine Beziehung mit Hannelore eingegangen war, nicht wahr?«

»Es brach mir das Herz.«

»War Ihnen in den Sinn gekommen, dass Hannelore Baldewein einfach verzweifelt gewesen sein könnte?«

Guérig sah Ziehli an, dann wieder Daniela.

»Ich wollte das nicht.«

»Und trotzdem ließen sie Hannelore dort liegen.«

»Ich ... wusste nicht mehr, was ich tun sollte. Es war, als würde ich aus einer Trance aufwachen. Und da stand ich, zitternd, mit dieser Figur in der Hand und Hannelores Blut auf den Händen. Ich habe den Ort in Panik verlassen.«

»Und was haben Sie dann getan?«

»Ich weiß es nicht mehr ... ich irrte umher ... wie in einem Film. Ich wachte mit schrecklichen

Kopfschmerzen am Fuß eines Baumes im Moos wieder auf.«

»Wieso hast du mir nichts gesagt?«, fragte Ziehli. »Ich hätte ...«

»Dir kann nichts passieren, solange ich dich nicht mit reinziehe.«

»Ich verstehe das nicht. Wie konntest du ...?«

»Weil ich liebe dich.«

KAPITEL 28

Es war spät geworden, als die Letzten den Polizeiposten verließen. Donnie teilte mir per WhatsApp mit, dass er mich nicht mehr im Buchladen brauchte, was mir sehr entgegenkam. Daniela profitierte von meiner Präsenz, um sich nicht bis in alle Nacht den administrativen Aufgaben widmen zu müssen, die jetzt auf sie warteten.

»Komm, wir gehen noch etwas trinken. Ich könnte eine kleine Stärkung vertragen«, schlug sie vor.

Von ihrem Büro bis in die Stadt waren es knapp zehn Minuten zu Fuß. Es tat gut, sich draußen zu bewegen. Ich ließ mich in diese Atmosphäre fallen, wie ich abends todmüde ins Bett fiel. Ich hatte das Gefühl, einen Marathon gelaufen zu sein. Mein ganzer Körper war verspannt und meine Seele auch. Es tat gut, anderen beim Leben zuzusehen, der Symphonie des Lebens zu lauschen.

Daniela erging es offensichtlich gleich, denn keine von uns erwähnte Baldewein auch nur mit einem Wort. Es war eine verrückte Geschichte.

Um halb neun vibrierte mein Handy. Erst wollte ich gar nichts davon wissen, auch wenn Donnies Namen auf dem Display zu sehen war. Ich drehte das Handy einfach um. Es verstummte kurz darauf.

Keine Minute später vibrierte es erneut. Wieder Donnie. Etwas gereizt entschied ich mich, den Anruf doch entgegenzunehmen. Er wirkte völlig verstört, und schaffte es, mich innerhalb Sekunden zu beunruhigen.

»Was ist denn los?«, fragte ich in einem Anflug von Panik.

»Du musst in die Buchhandlung kommen. Es ist etwas passiert. Komm so schnell du kannst, ja?«

Etwas in seiner Stimme sprach von Dringlichkeit. Schon wieder stand ich unter Strom. Daniela schien die Situation erkannt zu haben. Sie kramte Kleingeld aus ihrem Portemonnaie und bezahlte unsere Getränke.

Minuten später saßen wir im Auto Richtung Düdingen. Noch nie kam mir der Weg so lange vor.

Schon von Weitem sah ich, dass etwas mit der Buchhandlung nicht stimmen konnte.

Daniela parkte direkt auf dem Bürgersteig. Ich war schon aus dem Auto. Die Schaufenster waren mit Karton abgedeckt worden. Lichter flackerten im Innern. Ich fiel mit der Tür in den Laden, bereit, mich lautstark bemerkbar zu machen.

Im selben Augenblick begann die Musik. Ich konnte meinen Augen nicht trauen. Die Büchertische hatte man zur Seite geschoben, um in der Mitte einer Tanzfläche Form zu geben. Die Tresen waren mit kulinarischen Genüsslichkeiten bedeckt. Auf einem der Barhocker saß Bärbel mit einem Glas Champagner.

Ich drehte mich zu Daniela um, die grinste und mich hineinschubste, um dann die Tür hinter uns zu schließen.

»Du hast ...?« Ich machte ihr große Augen.

Als die Musik leiser wurde, kam Donnie mit zwei Gläsern Champagner auf mich zu. Er trug ein weißes Hemd. Seine normalerweise wilden

Haare hatte er zurückgekämmt. Er grinste über beide Backen und gab mir ein Glas.

»Was ist das?«, fragte ich baff und hoffte, dass er mir nicht einen Heiratsantrag machen würde. Darauf war ich nicht vorbereitet. Ich bekam es mit der Angst.

»Das nennt man Champagner.«

»Donnie? Was soll ...«

»Herzlichen Glückwunsch zum Nicht-Geburtstag!«

»Nicht ... was?« Ich verstand immer weniger.

»Willst du mich mit diesem Tanz beehren?« Er verbeugte sich vor mir.

Machte er Witze? Ich bin nicht perfekt. Und ich arbeite auch nicht daran. Vor allem, ich kann nicht tanzen. Er nahm mich in den freien Arm und drehte mich einige Male im Kreis.

»Ich schulde dir eine Erklärung, nicht wahr?«

»Mehr als eine.«

»Du gehst auf Kreuzfahrt, Liebes!«

Ich runzelte die Stirn, sah von Donnie zu meiner Mutter.

»Was mach ich?« Ich befreite mich aus seinen Armen.

Er seufzte. »Du hast richtig gehört.«

»Dann machst du mir keinen Heiratsantrag?«

Jetzt war es Donnie, der sich überrascht zeigte.

»Oh, ich dachte ...«, stotterte ich verlegen.

»Ich hab Hunger, können wir jetzt zu den wichtigen Dingen im Leben übergehen?«, fragte Bärbel.

Donnie lachte und stieß mit mir an. »Wir gehen auf Kreuzfahrt, Schatz.«

»Echt jetzt?« Ich suchte in seinen Augen nach einem Funken Schalk. Aber da war nur Liebe zu sehen.

»Echt. Wir fahren in zwei Wochen.«

»Aber ...?«

»Ich brauchte ein wenig mehr Zeit, als ich dachte.«

Ich begriff plötzlich. Die Tränen schluckte ich tapfer hinunter. Aber auch so sah er, dass ich berührt war.

»Aber all das Essen.« Ich deutete mit dem Champagnerglas zum Tresen.

»Deshalb sollten wir jetzt anfangen? Ich musste schließlich deswegen meinen Jass-Abend opfern«, murrte Bärbel.

Daniela öffnete die Tür und der Raum füllte sich nach und nach mit unserer liebgewonnenen Kundschaft. Und jeder kam zu mir, bedankte sich für die Einladung und wechselte ein paar Worte. Als hätte ich den Abend organisiert. Als steckte ich hinter allem. Donnie verzog sich hinter den Tresen und bediente die Gäste. Ich war gerührt.

Den schönen Abend werde ich nie mehr vergessen.

EPILOG

Yvette Zehntner und Silvia Guérig wurden des Mordes schuldig befunden und verurteilt.

Thomas Ziehli kaufte die Anteile von Patrick Baldewein nicht auf. Er entschied sich, jemand anderes ins Boot zu holen. Mit dem Gewinn gründete er die Baldewein-Stiftung, über die er Menschen wie Alexander Kummerer helfen konnte. Auf die sechs Monate Lebenserwartung, die die Ärzte Kummerers Mutter gaben, folgten mit der nun adäquaten medizinischen Hilfe zwölf weitere.

Michaela Haymoz und Christian Zehntner entschieden sich, das Kind zu behalten, war es doch immer ihr Wunsch gewesen, eines zu haben. Sie tauften den Jungen Linus Patrick Haymoz.

Und ich?

Ich werde zum ersten Mal in meinem Leben auf eine Kreuzfahrt gehen. Ohne Mutter. Ohne Buchhandlung.

Und hoffentlich auch ohne Tote …

Valerie Birbaum ermittelt
auch in ...

Wellen, Strand und Sonnenbrand

Jean-Pascal Ansermoz wurde im September des Jahres 1974 in Dakar (Senegal) geboren. Erst Anfang der Achtziger kam er in die Schweiz zurück, schloss seine Schulzeit mit dem Abitur in Basel ab, bevor er in Lausanne sein Studium in Angriff nahm.

Er ist einer, der mit Leichtigkeit über den Röschtigraben springt, schrieb er doch bis 2009 nur in französischer Sprache. Weltenbürger, Romand und Deutschschweizer in einem: ein Autor mit Hang zum Kriminellen aber auch zu Poetischem, Literarischem, Alltäglichem und Besonderem.

Er lebt als freischaffender Autor in Düdingen (CH).

www.jeanpascalansermoz.ch